藏在二十四节气里的非遗

李霞／著

山东友谊出版社·济南

图书在版编目（CIP）数据

藏在二十四节气里的非遗 / 李霞著. -- 济南：山东友谊出版社, 2025.7. -- ISBN 978-7-5516-3677-3

Ⅰ. I267

中国国家版本馆CIP数据核字第2025WE5980号

藏在二十四节气里的非遗
CANG ZAI ERSHISI JIEQI LI DE FEIYI

责任编辑：杨筱雅
装帧设计：刘一凡
插　　画：吕沼宣

主管单位：山东出版传媒股份有限公司
出版发行：山东友谊出版社
　　　　　地址：济南市英雄山路 189 号　邮政编码：250002
　　　　　电话：出版管理部（0531）82098756
　　　　　　　　发行综合部（0531）82705187
　　　　　网址：www.sdyouyi.com.cn
印　　刷：济南乾丰云印刷科技有限公司

开本：710 mm × 1000 mm　1/32
印张：7.25　　　　　　　　字数：105 千字
版次：2025 年 7 月第 1 版　印次：2025 年 7 月第 1 次印刷
定价：49.00 元

目　录

春

春

谷 清 春 惊 雨 立
雨 明 分 蛰 水 春

第一章 立春与钟表

"一年之计在于春",当北斗七星的斗柄指向寅位之时,便是立春节气的到来。这个标志着四季更迭的重要节气,通常落在每年公历2月3日至5日之间。明代《群芳谱》中解释立春为:"立,始建也。春气始而建立也。"寥寥数语,道出了立春作为万物起始的深意。细观甲骨文的"立"字,是一个人直立于大地之上,而"春"字则巧妙地融合了草木萌发与阳光普照的意象。春回大地,温暖的阳光照耀着我们,人们开始忙碌起来,耕田种地。"春种一粒粟,秋收万颗子",一年的希望和期盼在劳作中开始了。

　　立春作为二十四节气之首，在古代被视为"四时之首"，具有极其重要的地位。关于这个节气，民间流传着一个特别有趣的传说：相传每逢立春将至，地方官员会偕同乡绅耆老，择一处风水宝地挖一个坑，然后把准备好的羽毛、鸡毛等放进坑里，静候天时。待春气萌动之际，这些轻羽便会从坑中飘上来，这个时辰便是立春正时了。此时百姓纷纷燃放爆竹，以庆贺春回大地，祈求当年风调雨顺、五谷丰登。《礼记·月令》中记载："立春之日，天子亲帅三公、九卿、诸侯、大夫，以迎春于东郊。"周天子在立春这天，会亲自带领王公大臣们去京城的东郊举行隆重的迎春仪式，祭祀青帝句芒。句芒乃上古春神，其形貌颇为奇特。《山海经》记载其为"鸟身人面，乘两龙"的形象。相传朝阳初升的扶桑神树与其所居东方之地，皆归句芒掌管。这位执掌春日的天神，每日驾驭双龙，护送旭日东升，唤醒万物生机。随着岁月流转，句芒的形象逐渐演变。如今在民间年画与祭祀仪式中，他常以"芒童"的形象出现——一个头梳双鬟、手执柳鞭、骑牛踏青的牧童模样。

中国各地的迎春的活动各具特色。其中浙江衢州柯城区的传统民俗活动"九华立春祭"尤为独特。它被列为国家级非物质文化遗产项目，距今已有千年的历史了。民间有"年大不如春大"的传统观念，立春祭典包含一系列富有寓意的仪式：祭拜春神句芒、迎春接福祈求五谷丰登、供祭品、扮芒神、焚香迎奉、扎春牛、演戏酬神、踏青、鞭春牛等。其中最引人注目的当属"鞭春牛"仪式——一名小童在前方牵引着耕牛，一位老农在后方扶着犁，一边犁地，一边高唱"春回大地，一元复始万象新！"围观的村民们齐声热情地回应"好啊！"接着，由事先选定的人装扮成芒神，鞭打春牛。据说，妇女抱着孩子绕着春牛走三圈，可以避免孩子生病。

不仅农人以热闹的仪式迎接春天，古时闺阁女子也有独特的迎春方式——头戴春幡。南宋词人辛弃疾在《汉宫春·立春日》中写道："春已归来，看美人头上，袅袅春幡。"美人头上的春幡也叫簪春花，其形制历经演变，最初用的是真花，后来改用彩纸或彩帛仿制花卉，至明清时期则用银簪子代替。在我的故乡天津，至今仍保留着新春时节女性头戴绢花的习俗。虽不能断言这与古时春幡有直接渊源，但两者在寄托迎春纳福的美好寓意上，确有异曲同工之妙。

被东风解冻的大地上，迎春花也开了。明代农学家王象晋的《群芳谱》中赞誉迎春花是"最先点缀春色"的使者。那明艳的黄色花朵，犹如大地初醒时睁开的眼睛，向人们传递着春回人间的讯息。有时我想，春天由明黄色的迎春花开启，秋天以金黄色的稻谷结尾。一个预告春耕的开始，一个见证秋收的圆满。这般巧妙的色彩对应，也许是大自然的精心安排吧。

吃春饼、春卷、春盘和萝卜也是立春必不可少的仪式，民间称为"咬春"。立春吃春饼，有"咬得草根断，则百事可做"之意。把春天吃进嘴里，让我们的味蕾和胃都感受到春天，一年都会顺顺利利！今年立春那天恰逢细雨霏霏，我特意驱车穿越大半个城市，排队等候一小时，只为尝一口地道的春饼。人们说，生活需要仪式感，到底什么是仪式感？我想可能就是"折腾"吧，这种看似"折腾"的举动，是对生活仪式感的珍视，它让平凡的日子有了特别的印记。

《时间从来不语，却回答了所有问题》，这是季羡林先生一本散文集的名字，我很喜欢这句话，它极富哲理和诗意。时间以其特有的方式诠释着公平，它不疾不徐地流淌着，却终将为一切人和事写下应有的答案。

在春寒犹冽的立春节气，我们造访了马先明老师的时光记忆钟表馆，在这里看到了各式各样造型精美的钟表，仿佛置身于缩小版的故宫博物院钟表馆。明万历二十八年(1600)，意大利传教士利玛窦来中国传教时，进献给明朝廷一大一小两只时钟，因为它们能按时自动击打发声而被称为"自鸣钟"。这一事件，标志着现代钟表技艺正式传入中国。

　　马先明老师是东昌府铜铸雕刻制作技艺省级非遗传承人，在这一领域已深耕三十余载。其家族技艺可追溯至上世纪，最初专为轮船和军舰制作船钟外壳，后逐渐从铜铸拓展至艺术钟表制作领域。马老师从15岁起跟着爷爷、父亲学习铜铸雕刻技艺，完整继承了这门传统手艺。据他介绍，铜铸雕刻技艺肇始于明清时期，而铜制艺术钟表更是融合了多门艺术技艺——从珐琅烧制、美术瓷、彩绘，到宝石镶嵌、金属錾刻，再到机械传动与音律调试，每一件作品都是多种艺术形式的完美结合。

　　时光记忆钟表馆的镇馆之宝，当属那件复刻的国宝级九层六角宝塔钟。这座钟表流光溢彩，精美绝伦，凝聚着马老师三年的心血，仅开模工序就耗费了一年零十个月之久。整件作品共由五百八十个零件组成，每个零件都是手工雕刻出来翻模设计的。马先明所说的"开模"，就是"雕型翻模"，这是传统"失蜡法"铜铸雕刻制作技艺的第一步。这项古老技艺包含十余道严谨工序：

从浇铸蜡型、制作型壳，到熔铜浇灌、精细雕刻，再到最后的抛光、鎏金，每一步都凝聚着匠人的智慧与耐心。

上世纪90年代，马老师在参观故宫博物院钟表馆时，被一座会随乐声升降旋转的九层六角宝塔钟深深震撼。这座完全依靠机械传动的精美时计，在他心中埋下了复刻的种子。然而复刻之路远比想象的艰难。面对没有实物参照的困境，马先生仅凭一本图册开始了1:1复刻的尝试。"当时真的是吃饭也想，睡觉也想，拆钟表、拆缝纫机……几乎每时每刻都在想怎样才能复刻成功。"

马老师说，"故宫的九层六角宝塔钟是会转动的，而我们复刻的这件不能动。于是我们又用了四个月的时间进行完善，最终研究出了传动系统，使复刻的宝塔钟转动起来了。"然而之后才是最大的难点——八音铃《茉莉花》乐曲的制作。马老师说："要完美再现音梳的振动频率与音铃的谐波共鸣，需要跨学科的专业知识。"这项融合音乐理论、金属材质学、声学校准与机械传动的复杂工艺，足足耗费了他两年光阴。正是这种精益求精的匠人精神，最终让这座复刻宝塔钟重现了原作的灵动神韵。

宝塔钟制作完成后，立即在业内引起轰动，不仅被文化部门选送海外参展，还吸引了以故宫钟表修复专家王津为代表的考察团前来交流。"王津先生在故宫从事钟表修复工作40多年，他可是中国钟表修复界的泰斗级人物。"马老师说。

交谈间，我注意到马老师总是烟不离手。他坦言自己每天都要抽两包烟，只因每创作一件作品，都需要灵感和熬夜相伴。听他说这话的那一刻，我不禁为之动容——人为了自己喜欢的事情，一坚持就是几十年，这份执着何其珍贵啊。据悉，马先生正在筹建的钟表博物馆已初具雏形。愿这位匠心独运的"老师傅"早日圆梦，让更多珍贵时计得以传世，让传统工艺薪火相传！

宋末词人蒋捷在《一剪梅·舟过吴江》中写道："流光容易把人抛，红了樱桃，绿了芭蕉。"这脍炙人口的词句，道出了对春光易逝的永恒感慨——樱桃方才转红，芭蕉已然吐绿，转眼间春去夏来。一年四季，在每个循环往复的节气里，我们都应该做些什么，才能不负时光呢？

第二章 雨水与雨点釉

"天街小雨润如酥，草色遥看近却无。"这是韩愈的《早春呈水部张十八员外》中对早春小雨的描写。不知不觉中，雨水节气已悄然而至了。我喜欢那种蒙蒙细雨的早春天气，可以不用打伞，走在雨中，能感受到空气中泥土的清香，感受到刚刚萌芽的小草的味道，甚至感受到每一个生命都在悄悄地拼命生长的声音。

《月令七十二候集解》里说："雨水，正月中，天一生水，春始属木，然生木者，必水也，故立春后继之雨水。且东风既解冻，则散而为雨水矣。"地面的水因为受到阳光照射而蒸发成为水蒸气，水蒸气上升到一定高度后，在高空中遇冷变为小水滴。这些小水滴在空中聚集形成了云，当这些水滴增长到足够大和重时，空气无法再支撑它们的重量，于是它们就从云中落下形成了雨。了解到雨的形成过程，感觉像是在做无用功，不就是从一种水变成另一种水，还要费如此周折？

这让我想起庄子所说的"无用之用，方为大用"。庄子和弟子有一次在山中行走，看到一棵参天大树，枝繁叶茂，旁边的伐木者却不采它，庄子就问其原因，伐木者说，这棵树没什么用，因为它不够挺直。庄子感叹道，此木因为不具备良材的质地，才幸存下来，人人都知道有用的用处，却不知道无用的用处啊。

"春雨贵如油"。此时，农民们也抓紧时间耕作。油菜、冬小麦开始返青，要及时灌溉。"七九八九雨水节，种田老汉不能歇。"花也在雨水的滋润下争相地绽放起来，金灿灿的油菜花、五颜六色的报春花、粉白的杏花等等，让春天多了许多颜色，煞是好看。

獭祭鱼，是雨水节气的一候。懒洋洋的水獭这时也开始忙着捕鱼，它们会把自己从水里捕的鱼摆放到树木上，围着自己摆成一圈，然后把两只前爪拱在身前，像是在陈列供品、祭拜天地，以此来感恩自然的馈赠，最后在圈里转上一圈儿，再把鱼吃掉。动物都如此敬畏大自然，作为人类的我们是不是需要反思一下，该如何保护我们生活的地球？

在川西，雨水节气这天有一个特别有意思的习俗——拉保保，就是父母给孩子拜个干爹。孩子身体弱的，就拜个身体强壮的。希望孩子有文化的，就拜个知识渊博的。一旦拜成了，有的会经常联系走动，有的事后可能就各奔东西了。在雨水这天为孩子拜个干爹，希望孩子像幼苗被雨露滋润那样，在强者的照拂下茁壮成长。

雨水节气前后占稻色，是赣南地区及客家人的旧俗。所谓"占稻色"，就是把糯谷丢进燃烧的柴火里，若爆出的米花又白又多，说明当年种的

稻米成色好、能丰收，反之则预示着粮食会歉收。南宋范成大在《吴郡志·风俗》中，就提到雨水时节占稻色的习俗："爆糯谷于釜中，名字娄，亦曰米花。每人自爆，以卜一年之休咎。"这就是爆米花的由来吧。儿时记忆中街边爆爆米花的，似乎都是老爷爷，他们一手摇着炉子，一手用扇子煽火，快要出炉时，我都会躲得远远的，随着砰的一声响，米花爆出来了，香气四溢，这时我才会跑过去，赶紧抓一把塞进嘴里，好香呢！这种景象现在几乎见不到了，还是很让人怀念的。

在下雨天里，我静静地听着雨点落在地上的声音，仿佛那是天与地合奏出的一首属于大自然的曼妙音乐，思绪会不由自主地随着雨声飘得很远很远。

雨水节气这天，我拜访了周祖毅老师，他是雨点釉制作技艺的省级非遗代表性传承人。博山雨点釉，因为釉中布满金属光泽的结晶，好似雨点溅落的痕迹而得名。它起源于唐代，成熟于宋代。北宋时，雨点釉瓷器被做为贡品进贡给皇帝。

外邦来进贡时，宋代皇帝也用它作为回馈的礼品。元末明初，雨点釉销声匿迹。直到1936年，博山人侯相会才又试制成功，但是很快又消失于战乱中。上世纪60年代，博山人周占元再次研发成功。作为周占元的儿子，周祖毅老师继承了宋金以来的雨点釉烧制精髓，凭借超人的悟性，完成了与宋代雨点釉的深度对话，把雨点釉推向了中国黑釉发展史上的一个巅峰。

雨点釉盏盛入茶水时，其斑点像金星般熠熠生辉，倒入清水或白酒时又好似银星般闪烁夺目，让我觉得好神奇。上等的雨点釉胎体厚重，釉底乌黑亚亮，釉面平整，银色的星点饱满匀称，晶体圆大、闪亮发光，结晶点大的如豆粒，小的如小米，酷似雨点坠入水中迸起的水圈，又名"油滴釉"。

在周老师自筹资金建设的雨点釉博物馆里，我们看到了很多精美的作品。《早雨的钟声》这组作品更是获得了"世界杰出手工艺品徽章"认证。制作雨点釉釉面的材料，是一种叫作"白炭土"的土，又名"药土"。要寻找到它，全凭经验和感觉。有经验的师傅在阳光下看一看，捻一捻，便能分辨得八九不离十。给器物施釉，要掌握一定的厚度才行，太厚太浅都不行。"我就像有了职业病，每走到一个地方，就是瞅寻土。走在高速路上，眼睛都不闲着。开车去章丘，就瞅着高速路边的黄土，那就是药土。第一次走济青高速南线时，咦？突然闻到路边的土好像有点味道！于是我就放慢车速，我知道以黑陶著称的龙山文化，就是基于这一脉水土。很多挖土、刨土的土窝、茬口，我都专门去看一看。先看颜色，发红的黏土、发黄的烧土都不行，得像粪土似的，黄白色，松散的，一捻就成粉末的，就是它了。"周老师饶有兴致地说道。通过和他的谈话，我能感受到周老师对这门技艺的痴迷，真的是"不疯魔不成活"。

　　周老师还讲道，在施釉的过程中，坯体的干湿尤其重要。烧制过程中要掌握好烧成气氛并控制好窑内的温度，才能最终烧成。周老师说，他遇到的第一个困难是恢复雨点釉的烧制技艺，成功恢复以后，最困难的事就是将这项传统技艺与现代审美进行融合。由于烧制难度太大，周老师经过一次又一次坚持不懈地实验，才将雨点釉的烧制技艺恢复。而今，周老师更专注于作品的创新，他通过古典艺术与现代艺术的结合，创作出很多风格独特的文创作品，服务于老百姓的日常生活，让更多的人有机会了解这项传统文化技艺。

　　周老师的技艺现在算是后继有人了，小周老师子承父业，年轻有为，设计的作品有了更多年轻、时尚的元素，看起来更现代，深受市场欢迎。希望有越来越多的年轻人像小周老师这样，耐得住寂寞，守住一门手艺。

　　和周老师一家的接触让我感觉很温暖。虽然当天很冷，我穿得又少，导致我到现在都咳个不停，声音也变得沙哑了，可是我仍深刻记得那天深夜周老师亲手为我们煮的那碗面的味道，好鲜美。人生有多少事让你难忘？有多少人让人难忘？在那个雨水节气，我记住了那场雨、美丽的雨点釉，还有周老师一家人。

　　因为有了雨水的滋润，大地也变得温润起来，不如像小草小花一样，抓住大好春光，使劲儿地成长，让自己一年都收获满满。

第三章
惊蛰与大鼓

惊蛰节气，在历史上也曾被称为"启蛰"，相传因为西汉汉景帝的名字叫"刘启"，为了避讳而将"启"改成了意思相近的"惊"字。而我却觉得改得好，一个惊字，给人以一种生机灵动的感觉。

"二月节……万物出乎震，震为雷，故曰惊蛰。是蛰虫惊而出走矣。"这是《月令七十二候集解》对惊蛰节气的解说。进入农历的二月，气温逐渐回暖，蛰伏了一冬的动物们都被一声声春雷惊醒，伸着懒腰、打着哈欠走出了洞穴。大自然热闹了起来，小草小花们也不甘示弱，拼命地生长，多彩的春天就要来了。

龙头节，也就是我们平时所说的"二月初二，龙抬头"这一天，就在惊蛰节气前后。这一天，人们纷纷涌进理发店，没时间去的也会自己在家剪下几根头发，图个吉利，希望自己从这天起，从"头"开始，像龙一样腾飞。孩子们会在这天举行开笔礼，拜孔子，点朱砂，启蒙明智。写"人"字，开始学习做人做事。

到了惊蛰节气，我国大部分地区的温度都回到零度以上，农民们开始了忙碌的春耕。谚语说："到了惊蛰节，锄头不停歇。"唐代韦应物的《观田家》："微雨众卉新，一雷惊蛰始。田家几日闲，耕种从此起。"描述了微细的春雨让百草焕发生机，一声春雷，惊蛰节气开始了。种田的人家没有几日可以闲下来，从现在就要开始好好耕种了。

万物被春雷惊醒，其中也包括"小人"，在我国南方地区，惊蛰时流行打小人。这是很有意思的一个习俗，妇人们按照冤家对头的模样将纸剪成小人状，一手拿着纸人，另一手拿着拖鞋或是

棍子抽打纸人，嘴里还念念有词，等打到自己手累了，心中的怨气也都出了，就欢喜着回屋了。

何为君子？何为小人？孔子说"君子和而不同，小人同而不和。"庄子说"君子之交淡如水，小人之交甘若醴。"君子可以和周围的人保持融洽的关系，但有自己的原则；小人为了某种利益迎合别人，没有了自己的底线。我的理解是，君子是智慧的，小人只是耍小聪明而已，反倒最后自己搬起石头砸了自己的脚。

山西人会在惊蛰日吃梨，山东人烙煎饼，广西瑶族吃炒虫，这个虫可不是真的虫子，是玉米。陕西人吃炒豆，被盐水浸泡过的黄豆在锅里爆炒，上蹿下跳，仿佛小虫子在锅里饱受煎熬，这一年，害虫定是不敢来了。

惊蛰还有一个特别有意思的传统习俗——蒙鼓皮。人们会在惊蛰这天为新鼓蒙鼓皮，甚至把破了皮的鼓一直留到惊蛰才重新补好。响雷是惊蛰节气的一个重要特征，也正是雷声引起了"惊蛰"。在古代，执掌雷电的雷神曾被视为最高神，地位崇高。在古人的想象里，雷神鸟嘴人身并长有一对翅膀，手握天锤，可一手连击环绕在身边的众多天鼓，发出震耳欲聋的雷声，震向人间。到了惊蛰这天，雷神在天庭之上锤击天鼓，而人间百姓则利用这个时机给鼓蒙上新的鼓皮，以此来祭拜雷神，表达对雷神的感谢，希望雷神用他的雷神之锤敲响大鼓，把春雨敲下来，把冬眠的百虫敲醒，令世间万物复苏，人们也可以开始春耕播种粮食了。

惊蛰之际，循着阵阵鼓声，我们来到范阳中学的操场上，看到蒋效利老师正在教孩子们打鼓。蒋老师是山东省第六批省级非物质文化遗产代表性传承人，是商家大鼓的第十一代传人。"商家大鼓流传于文昌湖区商家镇，被誉为'鲁中第一鼓'，从制鼓、击鼓到列阵，都独具特色。"蒋老师说，"我们商家大鼓一响，就要展现出商家人的精气神。大家刚才激昂的节奏打得很好，有排山倒海的气势，需要注意的是处理缠绵的节奏，要打出春雨润物的感觉才对。下面我来演示一遍，大家再体会体会。"接着，蒋老师做了示范，鼓声时而铿锵有力，时而悠扬缠绵，正当大家听得如痴如醉时，鼓声却戛然而止，蒋老师笑着说，这是商家大鼓最大的特点，叫作"刹鼓"，它能在瞬间将鼓乐由雄壮激昂变得鸦雀无声，其果断、迅速、突然令人拍案叫绝。商家大鼓另一个特点是鼓声磅礴，打鼓者双臂抡圆，尽情击打，颇显山东人的豪迈气质，而且鼓声欢快，最适合庆祝时击打。由于世传鼓谱中，有敲击鼓边的规定动作，因而商家大鼓又被称为"边鼓"。击敲的技法有：击鼓心、击鼓边、击鼓帮；单槌打、双槌打、轻槌点、重槌砸等。

商家大鼓的起奏、变换、轻点、重击及刹鼓，全听鼓队的"鼓头"指挥，鼓头是鼓队的核心和灵魂。俗言讲："千人打鼓，一锤定音"，正如商家大鼓鼓头的特殊作用和地位。激昂时，如雷霆万钧，气势磅礴；缠绵时，如行云流水，春雨润物。蒋永利老师讲述了他与商家大鼓的缘分：1975 年一个冬天，李家村两位老人背着鼓来找到

他，说："咱把沉睡多年的商家大鼓再敲起来吧。"
当时他又感动又激动，抱着一颗好奇的心，从此
就走上传承之路。当时缺钱又缺道具，他们通过
社会力量办起了制鼓场，但有了道具谁来教呢？
蒋永利老师走访民间老艺人，以三顾茅庐的精神
学打鼓，收集鼓谱，总结出了属于自己的一套方
法。蒋老师最擅长的是〔丈八〕〔杏花天〕〔扁鼓〕

三个曲牌。为规范市场，使这门非遗技艺得以健康发展，蒋老师相继倡导成立了商家大鼓协会、商家大鼓研究学会，以及传习所、培训基地等。他克服了很多困难，使这一民间艺术发扬光大并传承有序。

相传，清乾隆年间，当地商家庄有一商姓大家名叫商学智，常年在苏杭一带做买卖。他回家过年时购回了一套在南方十分盛行的锣鼓，在街上进行敲打，没料想，深受老家百姓的欢迎和喜爱。不几年时间，这种锣鼓就在商家庄周围方圆几百里的范围盛传开来，这就是经十几代人守护、传承至今的商家大鼓，已有近300年的历史了。商家大鼓由鼓、锣、钹三种乐器组成，其韵律通俗易学，表演形式多样，规模可大可小，男女老少皆可上阵，是一项群众性很强的娱乐健身活动。因此，商家镇两万四千人中，有一半的人会敲商家大鼓。蒋老师现在虽然已年过六旬，依然坚持在中小学为孩子们教授商家大鼓的演奏技艺。于他而言，把这项传统技艺代代传承下去，是最大的心愿，而看到眼前孩子们敲打大鼓时激情澎湃、朝气蓬勃的样子，他非常欣慰，感叹道："商家大鼓真的是后继有人了！"

"一鼓轻雷惊蛰后，细筛微雨落梅天。"惊蛰节气提醒我们：再莫贪恋冬日里的慵懒惬意了，春天正以雨丝为弦，将我们全部谱入耕耘的进行曲。逐渐柔和起来的风，如一只无形的手，轻轻拂过蛰伏中的大地，催促我们该努力干活儿了。经过一个冬天的收藏，把自己积蓄的力量全部释放出来吧。要知道，每一份美好都值得努力的人所拥有。

第
四
章
春
分
与
风
筝

春分，顾名思义，就是把春季平分了，它正处于立春和立夏两个节气之间。而另一层含义则是：春分这天昼夜平分，北半球从这天开始昼长夜短，南半球则相反。汉代董仲舒在《春秋繁露》中就写道："春分者，阴阳相半也，故昼夜均而寒暑平。"

春分是个非常重要的节气，自周代起，百姓就有在春分祭日的习俗。相传上古时期，炎帝看到百姓饱受饥荒之苦，便向上天祈求五谷的种子，百姓播种后却没有收成，炎帝询问原因才得知是因为太阳在睡觉。于是炎帝按照上天教的方法，

在春分这天骑着五色鸟去蓬莱岛找到太阳，并将之带回来，从此人间粮食开始丰收了。炎帝因此被尊称为"太阳神"。以后每年的这个节气，大家都会举行祭祀活动，请亲朋好友吃太阳糕，以表达对炎帝的感谢之意。

春分也正是农忙的大好时节。你如果一大早起床，发现院门外有个人，拿着春牛图，跟你说一些吉祥话，你可能一开心就掏钱把春牛图买了。这是送春牛的传统习俗，说吉祥话的过程叫"说春"，说春的人叫"春官"。

野菜这时候也长出来了，荠菜、香椿、野苋菜、苦菜等等，可以用来包饺子、炒鸡蛋、蘸酱，纯天然又健康，人们享受着大自然馈赠的美味。

"春分到，蛋儿俏"，春分竖鸡蛋几乎成了人人都乐于参与的娱乐项目。选择一个光滑匀称、刚生下四五天的新鲜鸡蛋，轻手轻脚地在桌子上把它竖起来，成功了，人们的心情也为之大好。之所以选用生下4—5天的鸡蛋，是由于其蛋黄素带松弛，蛋黄下沉，重心低，更有利于鸡蛋的竖立。据史料记载,春分竖蛋的传统起源于4000年前的中国,春暖大地,万物生长,"立蛋"除有立住鸡蛋的本意以外,亦有"马上添丁"之意,蕴含着人们祈求人丁兴旺、代代传承之意。

清代顾贞观的《柳梢青·花朝春分》中有:"乍展芭蕉。欲眠杨柳,微谢樱桃。谁把春光,平分一半,最惜今朝。花前倍觉无聊。任冷落、珠钿翠翘。趁取春光,还留一半,莫负今朝。"把春分节气写得细致入微:刚展开的芭蕉叶,被微风吹着。好像要睡着了的杨柳,还有樱桃花稍有凋谢。感慨是谁把春日时光分走了一半?还是珍惜现在的春光吧!我独立在花前,只觉得更加寂寞无聊,你看珍珠簪子、翡翠头饰也丢在一边不想佩戴。你可要趁着现在春光还剩下一半,好好珍惜,莫要辜负了我的青春年华。

是啊,大好春光岂能辜负?趁着微风不燥,百花齐放,到郊外放风筝去吧!

张效东老师是中国风筝专家,国家级非物质文化遗产风筝制作技艺代表性传承人。他8岁起便

随着祖父扎风筝，集雕刻、雕塑、绘画、木工等技能于一身，悟性高，善于探索，博采众长。他还创新扎制了集声、光、电为一体的动态风筝，出奇制胜，堪称一绝。

张老师说，制作风筝需要八个步骤。第一步：削竹。潍坊风筝的骨架一般用竹材扎成，把竹子削成合适的大小。第二步：烤竹。对应不同的风筝骨架结构，用火将竹子烤至弯曲变形。第三步：扎制。一般选择用线或胶水将风筝骨架的连接处固定。第四步：糊。将稍大一点的风筝纸糊在风筝骨架上，纸张一般糊在竹架上后周边还留有余量。糊风筝用的纸，主要有矾绢、薄绸等。第五步：剪。先比对着架子剪纸，纸要留得比架子大些，边缘部分剪开一些口子，在边缘涂糨糊后，依次把剪开的边缘糊在竹条上。第六步：绘。在糊好的风筝上绘画图案。潍坊风筝的绘画，特点是构图严谨、线条流畅、画面清新、色调雅致。第七步：系线。在风筝的正面系好风筝线。传统的风筝线有"缝衣线""小线""衣线""麻线"等等。第八步：放。风筝制作完毕，要放飞看一下飞得高低程度。

之前，潍坊风筝大多是固守传统的板式、筒式、硬翅、软翅、串式等老五样。做过钟表维修工的张效东老师开始考虑如何在传统的基础上加以改进和创新，并利用齿轮的机械原理制作会动的新式风筝。他创造性地在风筝上安装了风轮、齿轮和鼓，风筝放到空中后，风吹动连着导杆的风轮敲响鼓。在张老师的手里，原本常见的风筝变得会动、会响甚至会发光。

在张老师的工作室里，摆放着各式各样的风筝，琳琅满目，个个都栩栩如生。我们听他将这些风筝的故事娓娓道来。有一个小童抓螃蟹的风筝，张老师说是去厦门的时候看到街边有个卖螃蟹的，一个小孩伸手去抓时被螃蟹夹住了。这个画面给他留下了深刻的印象，于是回家仔细琢磨，就有了这个风筝。而且这个风筝是动态的，小童的手一动，螃蟹就从篓里上来了，很是生动。

在中国首部国民神话史诗电影《封神》中有

"玄鸟生商"的场景，其中巨大的"玄鸟"就出自张效东老师之手。他将潍坊风筝扎制技艺融入影视道具制作，使用竹条3000多米，历时2个多月，制作完成了影片中头尾、双翼都灵活可动，需要多人托举的巨大"玄鸟"，营造了影片中登基大典时恢宏浩大的场景。

听张老师讲，纸鸢和风筝原来也是有区别的，飞起来没有声响的叫做纸鸢，有声响的叫做风筝。风筝之所以有声响，是因为装了一个叫做"筝"的零件。张老师用巧思，以废旧的磁带条来做"筝"，风筝飞起来，就会发出"嗡嗡"的声音。

与共和国同龄的张老师今年已经76岁了，看上去依然是精神矍铄。我们一起在麦田里放飞张老师亲手制作的风筝，他跑起来我都有点追不上。看着龙形的风筝在天空翱翔，我在心中默默地祝福张老师身体健康!

如此美好的节气，哪有时间去抱怨，去忧伤? 快快行动起来，到大自然里去，去呼吸空气，拥抱阳光，感受喜悦吧!

第五章
清明与古琴

"清明时节雨纷纷，路上行人欲断魂。借问酒家何处有？牧童遥指杏花村。"唐代诗人杜牧的这首脍炙人口的《清明》，千百年来传诵不衰，道尽了清明时节的特殊氛围。清明节作为中国传统节日，其历史可追溯至周代。最初它仅是二十四节气之一，后经漫长演变，融合了上巳节的踏青习俗与寒食节的禁火传统，最终在唐宋时期定型为今天我们熟悉的清明节。

上巳节，是农历三月的第一个巳日，后来改为三月初三，相传黄帝是在这一天出生的，民间有"三月三，生轩辕"的说法。在上巳节这天，古人们在水边沐浴宴饮，去郊外春游。《论语》里有一段话："暮春者，春服既成，冠者五六人，童子六七人，浴乎沂，风乎舞雩，咏而归。"大抵就是对上巳节的描述吧。暮春时节，春天的夹衣都穿上了，约五六个成年（行过冠礼）人，六七个少年，一起到沂水洗洗澡，在舞雩台上吹吹风，然后唱着歌回来。被誉为天下第一行书的《兰亭集序》，就是王羲之在上巳节这天写成的。东晋永和九年（353）三月初三，王羲之和谢安、孙绰等四十几位文人在绍兴兰亭清溪边席地而坐，将盛了酒的觞放在溪中，从上游顺流而下，觞停在谁的面前，谁就即兴饮酒作诗，王羲之集众诗并挥毫作序，这被称为"曲水流觞"。

寒食节，是冬至后的第一百零五天，在清明节前一两天，又称"禁烟节""百五节""冷节"，其源自华夏民族"改火"（即定期更换火种）的习俗。在改火期间，人们需要熄灭旧火，等待新火的到来，在改火前的一个月、七天或三天只能吃冷食，因此称"冷节""寒食"。又因寒食节期间家家禁止生火，没有炊烟，故也叫"禁烟节"。到南北朝时，人们将扫墓融入了寒食节里。唐宋两个朝代寒食和清明都会放假，最多时是七天，除了扫墓，人们还郊游、踏青、游乐，《清明上河图》就展现了当时的场景。随着时间的流逝、习俗的演变，上巳节、寒食节和清明节就合而为一了。

都江堰放水节，是川西平原流传很久的岁时节令习俗，是国家级非物质文化遗产之一。都江堰放水节源于四千年前的江神信仰和两千多年前对江水的祭祀活动。每年清明这一天，为庆祝都江堰水利工程竣工和进入春耕生产大忙季节，同时也为了纪念李冰，当地民间都要举行隆重的庆典活动。北宋太平兴国三年（978），北宋政府正式将清明节这一天定为放水节。清代诗人山春在《灌阳竹枝词》中描写了放水节的情景："都江堰水沃西川，人到开时涌岸边；喜看杩槎频拆处，欢声雷动说耕田。"

蹴鞠，是清明节人们喜爱的活动之一，相传

是黄帝发明的游戏。球皮由皮革制成，球内用毛塞紧。汉代时，军中以此项活动来练身。宋代时，蹴鞠活动已非常普及，上至皇帝，下至百姓，都以蹴鞠为乐，女子也参与其中。一些传世的宋代陶枕中能看到刻画或绘制着身姿轻盈的少女进行蹴鞠游戏的场景。

清明的习俗还有吃青团、插柳、牵钩（拔河）、射柳等等。这是一个慎终追远的节日，同时也是踏青游乐的节日。清明节这天，我们寄托对先人的哀思，更重要的是要把先人的优良品德传承下去。让我们更加快乐地过好我们的人生，我想这是对先人最好的慰藉吧！

桐始华，是清明的一候，而桐木是做古琴最好的材料。《新论·琴道》中记载，"昔神农氏继宓羲而王天下，亦上观法于天，下取法于地……始削桐为琴，绳丝为弦，以通神明之德，和天地之和焉。"传说原始时代神农氏曾"削桐为琴、绳丝为弦"，创造了最初的琴，据说有五弦，后文王、武王各增一弦。民间也有伏羲造琴、黄帝造

琴、唐尧造琴等不同传说版本，还有舜定琴为五弦，文王增一弦，武王伐纣又增一弦为七弦的说法。可见我国古琴文化的源远流长、博大精深。

在清明时节的悠扬古琴声中，我们随古琴制作技艺非遗传承人徐恺阳老师踏上了一段音乐之旅。尽管徐老师只有三十多岁，但他研习古琴制作已有十多年了。法律专业出身的他，在大学时期因一次偶然的机会接触到了古琴，便被它深深吸引。于是毕业后他毅然前往福建拜师学习制作古琴，用了六年的时间，总算是学有所成。如今，他不仅拥有了自己的古琴制作工厂，其作品也深受市场欢迎。

徐老师向我们介绍，制作一床古琴，从选材到最终完成，需要经历百余道工序，包括选材、造型、槽腹、刮灰、打磨、上漆、试音上弦等步骤。这些工序几乎全部依赖手工完成，从选材到制成成品，短则两年，长则三四年之久。在徐老师的工作室中，有一间专门的储藏室用来存放木材，其中许多是他从村里的老宅子拆迁时收购的，有些木材的历史甚至超过百年。木头的好坏可以通过敲击时发出的声音来判断。敲击时能听到悠长的回响，余音袅袅不绝，那这块木材无疑是做琴的好料了。我们恰巧看见徐老师的徒弟在磨刨子的刀片，徐老师便接着说，磨刀片也是有讲究的：需先在磨刀石上洒少许清水，将刀片以四十五度角倾斜，慢慢研磨，直至用手指触摸感受到刀片表面光滑细腻，方可以用来刨木头。唯有如此精细，才能确保刨出来的古琴琴身丝滑有质感。由此可见，制作一把上乘的古琴，每一个步骤都蕴含着精妙的细节啊！

古琴蕴藏着丰富的文化寓意，其形制设计处处体现着古人的智慧。比如，琴头长三尺六寸五分，象征一年三百六十五天；琴头宽六寸，寓意东南西北四方与天地六合；琴尾四寸，暗合四季轮回、生生不息的自然规律；琴面上的十三个徽位，则代表着十二个月份与闰月的天文历法。如此精妙的设计理念，使古琴不仅是一件乐器，更成为中华文化的重要载体。2003年，古琴艺术被联合国教科文组织列入"人类口头和非物质文化遗产代表作"，这一殊荣正是对其深厚文化内涵的充分肯定。徐老师的古琴弹得也是非常好，在他的工作室里，一曲《流水》令人如痴如醉。这首曲子不仅是旅行者号探测器金唱片中收录的最长的音乐作品，更是唯一一首进入宇宙空间的中国音乐。据科学家推算，这张1977年跟着"旅行者号探测器"进入太空的唱片，保存期限可达10亿年之久。我也即兴弹奏了一首《高山颂》，这首小曲取材于伯牙与子期的千古佳话，道出了"高山流水知音难觅"的意境。人生得一知己，是多么的难得。袅袅余音，绕梁三日。美好的音乐总能涤荡心灵，令人心旷神怡。

　　《岁时百问》中写道："万物生长此时，皆清洁而明净，故谓之清明"。此言不独指万物，于人亦然。在清明这天，我们更深刻地感受到活着的"生"与逝去的"死"，在追思先人的同时重新洗涤自己的心灵，以澄明之心继续前行。

第六章
谷雨与毛笔

谷雨这个节气，在我的记忆中尤为深刻。小时候，一到这个节气，妈妈就会对我说："听到'布谷——布谷——'的声音了吗？那是布谷鸟在叫，提醒农民伯伯该种谷子了。"现在每到谷雨，我也会把同样的话说给儿子听。我远在天堂的妈妈，是否知道这一切呢？

传说古蜀国有一位望帝，死后化作子规鸟，也就是我们常说的布谷鸟。每到春天，它便飞来飞去，声声呼唤着在外游玩的百姓："不如归去""快快布谷"，一直叫到嘴巴都流出血来，鲜血染红了整个山坡，那些吸收了鲜血的花朵，变

成了红艳的杜鹃花。

谷雨初候，萍始生。水面上点点浮萍悄然出现，恰似萍水相逢的缘分。二候，鸣鸠拂其羽。鸠即布谷鸟，田野里到处回荡着布谷鸟"家家种谷"的呼唤。待到三候，戴胜降于桑。"戴胜"又称鸡冠鸟，这时候落于桑树。蚕宝宝出生了。

《通纬·孝经援神契》有云："清明后十五日，斗指辰，为谷雨，三月中，言雨生百谷清净明洁也。"《群芳谱》里说："谷雨，谷得雨而生也。"此时雨水渐丰，正是农忙的时节。田间地头，农民们忙着种植谷子、棉花、花生、红薯、芝麻等作物，一派繁忙景象。

明代茶学者许次纾在《茶疏》中写道："清明太早，立夏太迟，谷雨前后，其时适中。"讲的是人们喜欢追捧明前茶，但对于老茶客来说，谷雨茶才是心头好。民间传言，谷雨茶不仅滋味醇厚，还可用于茶疗，喝了会清火明目、健牙护齿、祛毒辟邪。因此，乾隆皇帝六次南巡，四次亲临杭州茶场视察，其中两次选在谷雨前夕，并作《观采茶作歌》以记其盛。

"唯有牡丹真国色，花开时节动京城。"谷雨时节，牡丹开得正旺盛，其国色天香之姿，引得整个京城的人们都争相去观赏它的美。山东菏泽、河南洛阳、四川彭城等地，每年都会在谷雨时节举行牡丹花会，游人如织，热闹非凡。在贵州凯里，苗族青年男女在谷雨时节有个浪漫的习俗——爬坡节。小伙子们早早去心仪的姑娘所在寨子的山坡上，等候约好的心上人，青年男女或对唱情歌，或踩鼓起舞，或吹奏芦笙，喜悦的心情都洋溢在脸上。这般青春洋溢的场景，不禁让人感慨：年轻真好！谷雨节气前后的香椿最为鲜美，中医理论认为，其具有疏肝调心的功效。今年谷雨这天，天空中柳絮飞舞，天有些阴，好像是要下雨的样子。我在菜市场买了一把香椿，晚上和鸡蛋一起炒了，清香无比，好吃极了。

谷雨节气的由来与仓颉造字有关。传说，仓颉是黄帝身边的记事史官，长着四只眼睛。他最初用形状各异的贝壳和不同大小的绳结记录各种大事小情，后来通过观察野兽和飞鸟的脚印，研究多年终于创造出了文字。在他造字成功之日，天上下起了谷子雨。人们为了纪念仓颉和他的创举，将这一天称为谷雨。至今，陕西省白水县仍保留着谷雨祭祀仓颉的习俗，这项活动已被列入陕西省非物质文化遗产名录。

说起文字，自然是少不了笔的。谷雨时节，我们来到山东省广饶县。这里出产的齐笔作为中国最古老的毛笔流派之一，与浙江湖笔、安徽宣笔、河北衡笔并称为中国四大名笔。

郭明昌老师是齐笔制作技艺的省级非遗传承人，他出身于毛笔世家，到他已是第五代传人。郭老师的爱人同样来自制笔世家。她的父亲年轻时在北京一家毛笔厂工作，做过的笔曾被周恩来总理使用。提起这段往事，阿姨脸上洋溢着自豪的神情。

郭老师讲述了齐笔的渊源和发展。相传，毛笔为秦国将领蒙恬所创，而齐笔的兴盛则要追溯到春秋战国时期。当时稷下学宫汇聚天下英才，

百家争鸣的学术氛围对书写工具提出了更高要求，齐笔便在此背景下孕育诞生。此后经过不断的传承和发展，才有了今天的中华齐笔。

制作一支上乘的毛笔，不仅要有好材料，还必须配上好手艺。齐笔从选料到成品，需要经过浸、拔、梳、并、连等150多道工序，这些工序分为"水盆"和"杆子"两大类。"水盆"工艺专攻笔头制作，从选毛到成型，步步考究；"杆子"工艺则是将笔头与竹制或其他材质的笔杆完美结合。各个步骤均是纯手工完成，每道工序都是对匠人技艺的考验，要求极致的精细与耐心。正是这份精益求精的工匠精神，造就了齐笔的不朽传奇。郭老师的爱人说道："单说'水盆'中的'垫笔'这道工序，要真正掌握，少说也得用三年工夫，学成后，还需要日复一日的苦学苦练才能熟练。"如今，郭老师坐在工作台上，不消片刻，一支崭新的齐笔就初具雏形了，整个过程行云流水，举重若轻。但当我认真观察，郭老师手上那一道道清晰的纹路与厚厚的老茧，却似在无声地诉说着"看似寻常最奇崛,成如容易却艰辛"的匠人故事。"毛笔讲究'尖、齐、圆、健'四德。所谓'齐',就是用骨梳将各种毛料梳理至'齐台子'。毛料顶端必须与骨头边缘完全平齐,若毛料超过了这个边缘或者不到这个边缘,证明台子不齐,自然也就无法成就'尖齐圆健'的完美笔锋。这些步骤,差一点儿都不行。"郭老师如是说。正是这些严苛的规矩,经过一代代匠人的坚守,凭借无数双布满岁月痕迹的巧手,才造就了一支支传世奇笔,让这门古老技艺得以生生不息,薪火相传。

郭老师从14岁开始学习齐笔制作技艺,至今已逾五十载。在他的不懈努力下,齐笔不仅通过电商平台销往全国各地,还借助展会等渠道漂洋过海,远销美国、法国、德国等国家。在郭明昌看来,齐笔制作技艺亟待得到更系统的保护和开发,让更多中外书法爱好者了解齐笔文化,使齐笔与中国书法艺术相得益彰,共同传承。作为一名书法爱好者,我由衷期盼更多人能够认识齐笔、使用齐笔，让这份传统技艺永续流传。

"春眠不觉晓，处处闻啼鸟。夜来风雨声，花落知多少。"孟浩然笔下描绘的春景，恰似谷雨时节的写照。作为春季最后一个节气，谷雨时节落英缤纷，夏天就快来了。在这春去夏来之际，与其感怀过往，不如珍惜眼前人、把握当下事吧。

夏

夏

大　小　夏　芒　小　立
暑　暑　至　种　满　夏

第七章
立夏与木杆秤

　　还没有好好感受春天的温暖，夏天就已经迫不及待地来了。《月令七十二候集解》有云："立，建始也，夏，假也，物至此时皆假大也。"这里的"假"也是"大"的意思。立夏，标志着夏天的开始。夏字的甲骨文，上方是一轮太阳，下方则是一个人跪坐着，形象地描绘了夏日骄阳似火的景象，这是一年中太阳最为高照的时刻。夏天，万物进入了生长壮大的黄金时期。

　　立夏，是一个至关重要的节气。古时，每逢此日，帝王便会率领文武百官前往京城南郊，举行庄重而盛大的迎夏仪式。彼时，众人皆身着朱红色的衣服，所有的装饰也都是红色的。《尔雅》中说："夏，大也。"《说文解字》中对夏的解释为："夏，中国之人也。"我们中华民族也称华夏民族。

杭州拱墅区的"半山立夏习俗"是半山地区民众在立夏节气举行的传统民俗活动，也是国家级非物质文化遗产项目。立夏这天，半山一带的许多人家会忙着制作乌糯米饭。这种"乌饭"实际上是一种紫黑色的糯米饭，它是用一种名为"乌饭叶"的野生灌木叶子浸泡出的汁液来煮米饭做成的。相传，立夏日吃乌糯米饭，不仅能在夏天预防中暑，还能避免蚊虫叮咬。除此之外，人们还会食用豌豆，认为其有助于健身固齿。立夏期间，半山地区还会举办蚕花会、立夏祭祖、娘娘诞庙会以及送春迎夏仪式等丰富多彩的活动，展现出浓厚的传统文化氛围。

古代立夏之日，皇帝会赐冰给大臣们。早在周代，人们便会在冬天把冰块放进冰窖里储藏，并设有专职管理冰务的官员，称为"凌人"。江南地区的文人墨客则于这一天相聚在一起，饮酒做赋，以"饯春"之礼送别春天。

立夏时节，孩童们会玩斗蛋的小游戏。他们将煮熟的鸡蛋浸于冷水中，此法可使蛋壳更为坚固。斗蛋时，以蛋之尖处为头，圆处为尾，两两相碰，头碰头，尾碰尾，谁手中的鸡蛋最结实，谁就荣膺"大王"。赢了的孩子自是喜不自胜，而输了的孩子也并不失望，因为有鸡蛋可吃呀。民间相传，立夏吃蛋能补心，故无论胜负，皆大欢喜。

立夏，好吃的东西太多了，先说说这个"立夏饭"：饭是用赤、黄、青、绿、黑五色豆子和白粳米一同煮成的，配菜是苋菜黄鱼羹，寓意着五谷丰登。苏州人有"尝三新"的习俗，即品尝青梅、麦子、樱桃。宁波人则偏爱"脚骨笋"，据说吃后可使人"脚骨健"。福建人的立夏美食更为丰富，有光饼、虾面、七家茶、七家粥、乌米饭和麦蚕等等。如此多的美味，让我这个"吃货"都不知道从何吃起了。立夏期间，人们之所以这么

注重饮食，或许与民间"苦夏"的说法有关——趁着天气还算凉爽，多享用些美食，等到酷暑来临，食欲就会大减了。

传说三国时期，刘备出征时将幼子阿斗托付给孙夫人抚养。孙夫人避嫌，为了表明自己不会亏待阿斗，特意当着赵云之面称量阿斗的体重，说："今称阿斗之重，来岁复称以为验。"恰巧这一日正值立夏，由此衍生出立夏称重的习俗。

说到称量阿斗所用的木杆秤，如今的孩子恐怕大多已不认得了。据考证，木杆秤已有四千多年的历史。在古代，它不叫杆秤，叫"权衡"。其中"权"指秤锤，"衡"则为秤杆，二者相辅相成。传说中，陶朱公范蠡受打水的横杆启发，发明了木杆秤。他以北斗七星、南斗六星和福禄寿三星共十六颗星为记，在秤杆上刻制十六颗星花，因此称为十六两制秤。直到20世纪50年代，国家才实行度量衡单位改革，将秤制统一改为10两一斤。亦有说法称木杆秤是鲁班发明的。

立夏节气，在潍坊安丘，我有幸体验了当地

称人的习俗。只见小朋友坐在一个箩筐里，我们用传统大木杆秤称量后，又用电子秤复核了一下，结果居然是分毫不差。这杆大木杆秤的主人正是盛志勇老师——盛氏木杆秤的第五代传人、省级非物质文化遗产代表性传承人。

盛家素有"秤匠世家"之称，其制木杆秤技艺可追溯至明成祖早期。盛氏木杆秤历史悠久，工艺精湛，文化内涵丰富，兼具使用便捷、便于携带等特点，深受群众喜爱。作为精密准确的衡器，盛氏木杆秤一直流传至今，被民间誉为"当家的财神"。正如俗语所说的"有秤当家，家财兴发""不识秤花，难以当家"，道出了木杆秤在老百姓生活中的重要地位。"一头是秤星，一头是良心，一丝都不能差。"这句朴实而深刻的家训，既是盛氏木杆秤的制秤规矩，也是盛家世代相传的立身之本。盛老师说，制木杆秤是一门精细的手艺，有选料、打秤叨、校正、跑步弓、割秤星和打磨等十多道工序，道道工序都容不得半点马虎，稍有不慎，秤的精准度就会有偏差。

选材是制秤的第一步，盛家对木杆用料的选择极为挑剔，一定要选纹路细腻且木质坚硬的柞栎木、红木等上等材料。为了保证木杆不开裂，材料要在干燥处堆放两三个伏天，待其充分定型后才能使用。制杆时，要经过凿、刨等工序，再用细砂布沾水反复打磨至光滑。待木杆两端套上金属皮后，一杆秤的雏形方显。接下来的制定重量刻度更是精细活儿，全凭匠人平常积累的经验，稍有偏差便前功尽弃。

盛氏木杆秤从外形上可分为钩秤和盘秤两种。钩秤在民间使用得最为普遍。钩秤由秤杆、秤钩、提纽（多为双提纽）、秤砣等部件组成。按称量可分为大秤、中秤、小秤三种。盛氏制作的戥子秤最负盛名，也最为精湛，以小巧玲珑、质地坚硬、造型优美而闻名乡里。其工艺与普通木杆秤大致相同，但在选材上更加考究，多采用苏木或象牙精制而成，具有一定的收藏价值。最精巧的戥子秤长度仅20厘米，直径不过0.4厘米，要在如此细小的秤杆上完成16道工序，定刻度需毫厘不差，钻秤眼时来不得半点马虎，稍不留神就会弄错，这对制秤人来说是极致的考验。

在热闹的集市上，无论是街边的小摊贩，还是店铺里的老掌柜，一杆木杆秤都是他们经营谋生的必备工具。商贩口中吆喝着"足量高高的秤"，顾客们便放心地取下货物，心满意足地满载而归。然而，近年来随着电子秤的普及，木杆秤的应用范围越来越窄，如今除了中药店和废品回收站，日常生活中已鲜见其踪影。我与盛老师谈及此事时，他表示依然希望这门传统手艺能够传承下去，适应时代的发展，让"秤文化"得以延续。

用一个词来形容夏天，我想"繁华"再合适不过了。夏天仿佛包罗万象，无所不有。然而，繁华过后，万物终将归于平淡。有一首歌中唱道："天地之间有杆秤，那秤砣是老百姓。"其实，何止天地间有杆秤，每个人的心中也都有杆秤。我想，即便有一天木杆秤真的成了博物馆的文物，"秤文化"依然值得传承和发扬。老祖宗留给我们的智慧，真是一辈子也学不完啊。

第八章
小满与丝绸

小满，是一个充满智慧的节气。《历书》中记载："斗指甲为小满，万物长于此少得盈满，麦至此方小满而未全熟，故名也。"古人云："满招损，谦受益。"又有"月盈则亏，水满则溢"之说。凡事若达到极致圆满，必然会走下坡路。因此，人生"小满"，便是恰到好处。

小满节气正是采摘苦菜的好时节。《周书》有云："小满之日苦菜秀。"苦菜遍布全国各地，田间地头随处可见，仿佛只要有土壤的地方，就能生长出这种生命力极其顽强的植物。苦菜具有清热解毒的功效，夏天多吃点苦味食物，不仅有益

健康，还能锻炼我们的心性。正所谓"吃得苦中苦，方为人上人！"

小满时节，很多地区都要祭拜神农大帝，祈求五谷丰登。相传神农氏不仅把农耕之法传授给百姓，还尝百草、识药性、制作药方，以解除百姓疾苦，因此被百姓尊奉为神农大帝。

在浙江海宁一带的农村地区，至今仍保留着小满祭拜车神的古老习俗，以此表达对水利排灌的重视，祈愿水源充沛，为农业生产带来丰收与吉祥。水车启动前，农户们还会以村落为单位举行抢水仪式，踏动水车，引河水灌溉入田。在江南农村，有"小满动三车"的习俗。农民们踏动水车灌溉庄稼，耕田插秧；蚕妇修整丝车，煮茧缫丝；油菜籽成熟后，油坊中的油车则开始磨籽榨油。这些习俗不仅体现了农耕文化的深厚底蕴，也展现了人们对自然的敬畏与生活中的智慧。

"看麦梢黄"是关中地区小满时节特有的习俗，旨在问候夏收的准备情况。当小麦接近成熟时，出嫁的女儿会携带油旋馍、黄杏、黄瓜等礼品，回到娘家探望。这不仅是一种关心和问候，也体现了女儿对家庭和亲情的重视。农谚"麦梢黄，女看娘，卸了杠枷，娘看冤家。"生动地描述了这一风俗。待农忙结束后，母亲也会前往女儿家中，关心女儿的操劳情况。这一习俗充满了诗意和温情。

小满节气，蚕宝宝开始吐丝结茧了。《清嘉录》中记载："小满乍来，蚕妇煮茧，治车缫丝，昼夜操作。"蚕妇们忙着煮茧缫丝，甚至通宵达旦地劳作。江浙一带在小满这一天有"祈蚕节"，场面热闹非凡。丝绸行业的老板们会请来戏班，连唱上三天的大戏，以示庆祝。相传小满是蚕神的诞辰。黄帝的元妃嫘祖是百姓普遍尊奉的蚕神。此外，民间还有马头娘娘和青衣神等蚕神信仰。

相传有一天，嫘祖在一株桑树下搭灶烧水。她一边向灶下添柴，一边凝神注视着桑树上白色的蚕虫吐丝作茧，越看越出神。忽然，一阵大风吹过，一只蚕茧从桑树上掉了下来，正好跌入沸腾的水锅里。嫘祖担心开水被弄脏，便用树枝去打捞蚕茧，谁知捞了几下，蚕茧没捞起，却捞出一根洁白透明的长丝线，而且越拉越长，仿佛无穷无尽。于是嫘祖又用一根短树枝将丝线绕成一团。嫘祖想起她和姑娘们一起用植物筋织布的情景，便又采了几颗蚕茧，绕成丝线，动手一试，果然织出了一块洁白的丝绸。她将丝绸披在身上，只觉柔软舒适，光彩照人。从此，嫘祖带领众人养蚕、缫丝、织绸，开创了丝绸文明。中国成为世界上最早植桑养蚕的国家，而嫘祖则被尊为中国古代文明创始者中的人文女祖，为后世所敬仰。江浙一带的丝绸广为人知，而山东淄博周村的丝绸却似乎鲜为人知。小满时节，我走进周村凯利丝绸，探寻周村丝绸的前世今生。周村丝绸已有 2500 多年的历史，周村素有"旱码头"的美誉，这与其繁荣的丝绸业密不可分。春秋战国时期，周村属齐国於陵邑，《汉书》中记载："天下之人冠带衣履，皆仰齐地。"由此可见，齐地的丝绸在当时已享有盛名，而周村作为丝绸重镇，更是承载了深厚的历史底蕴。

翟先宝是国家级非物质文化遗产项目——周村丝绸染织技艺的第三代传承人，他从十一岁（1959年10月）进工厂做工至今，已与丝绸相伴六十余载。他回忆道："小时候，家家户户都养蚕、缫丝、种桑、织绸。"这番话不仅是对那个年代周村丝绸繁荣景象的真实写照，也仿佛贯穿了他整个丝绸生涯的始终，成为他一生坚守与传承的生动注脚。

翟老师说，1966年是他技艺生涯的起点。那一年，他开始学习与产品设计、意匠相关的技艺，经过长达19年的拼搏，到1985年，他终于全面掌握了丝绸产品的生产工艺流程。周村染织技艺发展至今，从根根丝线到一幅完整的作品，需要历经整整7道工序：泡丝、络丝、并丝、捻丝、整经、摇纤、织造。每一道工序都不可或缺，且都考验着工匠的技艺水平。其中，织造是至关重要的一环，也是凯利丝绸在创新道路上迈出的艰难而重要的一步。

翟先宝介绍道："以织锦画为例，部分熟织

产品需要先染线后再上机织造。近年来，我们针对20世纪70年代老梭织机存在的性能缺陷进行了技术攻关，致力于克服传统设备短板，提升织锦画生产的质量与艺术多样性。"他进一步解释说："凯利对传统丝织机进行技术创新，将单梭箱升级为4x4梭箱，并增加了任意选梭功能；对丝织机的卷曲和送经部分进行优化，使纬密由原来的50梭/厘米提升至280梭/厘米，最终达到300梭/厘米。纬线种类也从两种增加到六种。这意味着，画中每一厘米的背后，都凝聚着300条纬线的精密织造，能够呈现出更加丰富的色彩和更复杂的线条，从而实现传统技艺与现代艺术的完美融合。匠心，在这300条纬线编织的方寸之间，展现得淋漓尽致。"

先进的技术改革不仅延续了织染非遗技艺的生命，更使凯利丝绸的织锦画在周村众多丝绸艺术品中脱颖而出。《周村八景图》《清明上河图》《百骏图》等织锦画作品，凭借浓厚的东方文化特色和独特的艺术风格，多次在省、市、区各级活动中斩获奖项，其中，织锦画《周村八景图》与双层夹芯丝巾一同被中国丝绸档案馆收藏。2020年，作品《欢腾的草原》在第十二届中国工艺美术博览会上荣获金奖。

在车间里，听着织机嗒嗒的节奏声，看着一幅幅精美的织锦从织机上缓缓流出，我心中不禁涌起一阵感动。每一份美好的背后，都藏着无数不为人知的故事——有艰辛的汗水，有不懈的付出，当然也有收获的喜悦。这正如小满节气所蕴含的哲理：人生得一小满，足矣！

第
九
章
芒
种
与
螳
螂
拳

芒种芒种，忙收忙种。这是一个充满忙碌气息的节气，民间也称之为"忙种"。这时候，有芒的麦子已成熟待收，有芒的夏季水稻也到了播种的时节，所谓"芒"，指的是麦类等有芒作物已经熟透；"种"，则是指黍、稷、晚谷等有芒的夏播作物进入播种的关键期。此时，北方正忙着抢收麦子、播种豆类，南方则紧锣密鼓地进行晚稻插秧。田间地头，一派繁忙景象，农民们从早到晚忙碌不停，片刻不得闲。

陆游在《时雨》中写道："时雨及芒种，四野皆插秧。家家麦饭美，处处菱歌长。"其实芒种不只忙种，这时候开始进入梅雨季节，淅淅沥沥的小雨会让人安静下来，正是读书品茶的好时光。然而，连绵的阴雨也让人心生烦闷，于是人们用纸剪出"扫晴娘"，以此祈求天晴，期盼阳光重现。芒种时节，百花渐次凋零，浪漫的古人会在这天举行祭祀花神的仪式，恭送花神归位，祈愿来年繁花更盛。《红楼梦》中便生动描绘了这般雅趣：大观园里的女孩子们或折柳编轿，以花瓣为饰；或用绫锦纱罗叠成千旄旌幢，皆用彩线精心系于枝头。满园花树间彩绸轻扬，恰似为春神送行的华美仪仗。柔弱多情的林妹妹更以纤弱之躯独倚花锄，将凋落的花瓣细心收集，葬于香冢之中。一曲《葬花吟》，道尽了对生命易逝的感怀，令无数读者为之动容。

贵州侗族在芒种时节流传着独特的"泥巴节"民俗。依循侗族"不落夫家"的婚俗传统，新婚女子通常不会立即入住夫家，只有农忙和节庆时，才由同伴陪同来到夫家小住几天。届时村寨青年会陪同新婚夫妇一起到田间插秧，男女分队

展开插秧竞赛，你追我赶间，欢声笑语漫溢阡陌。待秧田插毕，机灵的小伙子们便伺机挑衅，佯装失手将泥团甩向姑娘们的衣裙。而姑娘们自不甘示弱，纷纷掬起田间软泥给予精准回击。身上泥巴最多的，往往是最受异性青睐的人。待到休战后，众人又相携跃入溪涧，在濯洗耕作疲惫之际，又以清波碧水为媒展开新一轮的水仗嬉戏。这般将农事与嬉戏完美融合的场景，恰印证了侗家人"以劳为乐"的生活智慧——将辛劳化作欢歌，让生活浸润在诗意之中。这个青梅垂枝的时节，正应了《三国演义》第二十一回"曹操煮酒论英雄"的经典场景。建安三年（198），刘备兵败于吕布后暂居许昌依附曹操，为韬光养晦，不引起曹操的猜忌，他假装对天下大事毫不关心，整日在后园种菜。这天，曹操邀请刘备去小亭中喝酒，桌上摆好了青梅一碟、温酒一樽，二人开怀畅饮。酒兴正浓时，天上阴云密布，暴雨将临。曹操问刘备："先生您可知道谁是当今的英雄吗？"刘备一连列举了好几位当时有势力的豪强，如袁术、袁绍、刘表、孙策等，曹操认为这些人都够不上称"英雄"。最后，刘备只好假装糊涂地说："那么还有谁才称得上英雄，我实在不知道。"曹操用手指指刘备，又指指自己，然后说："天下英雄，只有您与我二人罢了。"刘备一听这话，大吃一惊，手里拿的筷子啪的一声掉在地上。正好这时天上雷声大作，刘备便乘机从容地拾起地上的筷子说："雷声的威力可真大呀。"就这样巧妙地掩饰过去，没有引起曹操的怀疑。后人用"青梅煮酒论英雄"的典故来喻指人与人之间评论功绩。

《月令七十二候集解》中载，芒种初候"螳螂生"：母螳螂于上一年深秋产下卵，经历冬春的蛰伏，到芒种时节，感受到夏日阳气的小螳螂破卵而出。螳螂在中华文化中承载着多重寓意——其举刀待猎之姿象征武者忠勇，守巢护卵之态诠释母性智慧，民间更视其为镇宅祥瑞。它是灵巧的掠食者，小鸟、蜥蜴都可以是它的盘中餐。农谚中有句话叫"金玉满堂（螳）堆长廊（螂）"，既是对家族兴旺的期许，亦暗含生生不息的天道循环。

芒种时节，我赴烟台所城里拜访了螳螂拳非遗传承人于永波老师。螳螂拳作为中华武术瑰宝，不仅被原国家体委认定为中国传统武术十大代表性拳种之一，还于2008年被列入第二批国家级非物质文化遗产名录。螳螂拳作为中华武术的银幕代表形象之一，曾多次惊艳亮相于影视作品中。1982年上映的电影《少林寺》中，著名武术家于海饰演的昙宗大师，正是以刚柔并济的螳螂拳招式，接连击败反派王仁则与"秃鹰"。这部电影当年轰动全国，在我童年的记忆里镌刻下了永不褪色的武侠印记。

于永波老师出生在莱阳一个武术世家，自幼浸润在刀光拳影之中。"冥冥之中，我就是为武术而生的。"谈及与武学的渊源，这位非遗传承人感慨道。作为螳螂拳的发源地，20世纪中叶的莱阳武风炽烈，习练螳螂拳者数以千计。少年于永波的眼里，螳螂拳"耍"起来很威猛，具有雷霆万钧之势，于是他11岁便走上了拜师学武的道路，开始学习螳螂拳，17岁学完全部拳法后参军离开了家乡。在军队中，他不仅自己不懈地练习螳螂拳，还向战友和驻地群众传授这门技艺。

"螳螂拳是一个取百家之长的拳种，融合了18种拳法的精华。螳螂拳拳法中主要有摘要、崩补、乱接、八肘等功法和20多个器械套路。"于永波娓娓道来："螳螂拳的特点是刚猛、迅捷，干净利落，气势如虹。"

于老师说："武术，最讲究的是两样东西：速度与硬度。打拳必须把动作做到位，才有精气神。"对他来说，单指碎绿豆不是绝活，而是"基本功"。"任何一个拳种，都应该苦练基本功。练武人总得有一样拿手的东西，每家都有各自看家的东西，压箱底的东西。"忆起少年习武时光，他眼底泛起精光："当时师父要求我练金刚指，最起码要戳碎绿豆。绿豆比较硬，又小，需多年练习，循序渐进，才能有所长进。为了练就铁臂功，我每天用手臂挥树，早上3000下，晚上5000下，风雨不误，坚持了三年。刚开始的时候比较痛苦，后来就很平常了，就像体育运动一样。"现在，于永波单指碎绿豆就好像普通人吃碎豆腐一般容易。只见他举起右手，伸出食指，速度飞快地戳碎了一颗颗绿豆。日日练功，于永波指关节处留下了厚厚的老茧，胳膊肌肉结实，坚硬无比。

于永波老师常说，他一生只专注两件事：研习螳螂拳与练习书法。于老师的瘦金体写得是苍劲有力，一如他打的螳螂拳法。拍摄临近尾声时，应众人之请，他即兴挥毫，给每个人写了一幅字。年轻的摄像师小张求得"胜似活着"四个字，令我们惊叹这位00后"小朋友"竟有如此深邃的人生体悟。

芒种时节，万物生长，恰似人生耕耘。与于永波老师的一席交谈，最令人动容的莫过于他那份数十年如一日的坚守。或许每个人来到世间都肩负着独特使命，在平凡生活的奔忙中，若能始终持守心中所爱，倾尽全力，终将收获属于自己的丰硕果实。

第十章
夏至与大柳面

让我们先来猜个谜语——"地久天长",打一个节气。你能猜到谜底是什么吗？答案是夏至。因为夏至这天北半球白昼最长，黑夜最短。有一句话说："这一天，想你的时间最长，梦你的时间最短。"夏至因此被称为二十四节气中最浪漫的节气，许多新人会选择在这一天登记结婚。

夏至在二十四节气中有两个独特之处：第一，太阳在这天到达黄经90度，直射地面的位置到达一年中的最北端；第二，北半球迎来一年中日照时间最长的一天，这一现象被智慧的古人观察到，因此夏至成为最早被确定的节气之一。在北回归线上，夏至正午会出现"立竿无影"的奇妙现象。我国最北端的漠河，夏至白昼长达17个小时，而且会有极光出现。

夏至，古时又称"夏节""夏至节"。周代，人们已形成夏至祭神传统，祈求灾消年丰。《周礼·春官》载："以夏日至，致地方物魈。"夏至祭神，旨在祛除疫疠、荒年与饥馑之祟。汉代延续此制，《史记·封禅书》记载："夏至日，祭地，皆用乐舞。"可见祭祀仪轨之庄重。至宋代，夏至升格为官方节庆，百官自夏至日始行三日休沐之制。辽代则称此日为"朝节"，其俗尤重闺阁往来，妇女们会互赠扇子、脂粉、香囊等。

夏至在传统医学中被视为"阴阳争，死生分"的关键节点。这一天，人们会将新鲜的艾叶晒干，制成陈艾用于灸疗。艾灸通过燃烧产生的渗透性热力刺激人体经穴以达到治疗的效果，作为中医外治法的重要组成部分被广泛应用于中医临床治疗中。

"冬至饺子夏至面"，夏至吃面，是由来已

久的习俗。考古实证显示，青海喇家遗址出土
的4000年前的粟米面条，印证《齐民要术》"水
引馎饦法"记载的面食渊源。汉代统称面食为
"饼"，即今日面条的雏形。唐代发展出"冷淘"
（过水凉面）、"温淘"（热汤面）等品类，杜甫"经
齿冷于雪"之句足证其风靡。至宋《东京梦华录》

始见"面条"这一专称，与"角子"（饺子）形成冬夏对应的节令食俗体系。夏至这一天标志着夏天正式进入最为炎热的阶段。按照中医理论，夏至时节阳气达到顶峰，而阴气开始滋生。饮食上适宜清淡以帮助身体适应季节变换，防止中暑。吃面，尤其是凉面或过水面，成为了许多地区夏至日的首选美食。

面条的形态象征着长长的白昼和持久的生命力，吃面，寓意着祈求健康与平安度过炎炎夏日。医家认为，小麦"得四时中和之气"，制成面条"可养心气，厚肠胃"，正合"夏养心"的养生要旨。凉面滑爽可口，搭配各式各样的调料和小菜，如黄瓜丝、豆芽、芝麻酱、蒜泥、醋、辣椒油等，既开胃又解暑。各式地方特色面条各具匠心：北京炸酱面讲究"小碗干炸"，体现京畿饮食的精致；山西刀削面"一根落汤锅，一根空中飘"，彰显面食技艺之绝；四川凉面则以"红油重彩"诠释巴蜀饮食的泼辣。每一种都承载着当地的文化风情和对夏至这个节气的独特理解。

　　夏至节气，在德州宁津，我们与省级非物质文化遗产大柳面制作技艺第八代传承人王金彪老师进行深入交流。大柳面这一传统美食可追溯至清乾隆年间，因始于大柳镇而得名，有"金丝缠碗"的美誉。关于大柳面的起源，当地流传着一个动人的传说。明建文年间，燕王朱棣"靖难"南征途经此地时被困，幸得一位农妇施以援手而得救。临别时，燕王留下"户户插柳，人头可有"的承诺。后朱棣即位，为报救命之恩，重返该村。农妇到各家各户收集各种蔬菜做卤，为燕王做了一顿面条款待他。朱棣食后龙颜大悦，连吃了几大碗，夸赞其真是人间美味。此后，该村因"插柳"之故得名大柳村，即今的大柳镇，而大柳面也因此声名远播。

　　王老师边娴熟地揉搓着面团边告诉我们"要做好大柳面，面粉是根本。咱们只用本地特产的优质高筋面粉，根据不同的季节添加不同比例的盐和碱。""盐和碱的比例到底是多少？"我问王老师。"从来没用秤称过，祖辈传下来的手艺，全

凭手上功夫，哪用得上秤呢？都是几十年摸索出来的经验。"王老师笑着说。"这莫非就是大柳面的核心，或者说是灵魂？"我又继续探询。"应该算，盐碱比例一旦失调，擀出来的面总是差那么一点儿意思。"王老师回答说。"和面的水也是有讲究的，冬季用温水和面，夏季用冷水和面。和好面后要醒两到三个小时，然后擀成薄片。擀面时，醭面以小米面为最佳。切面时，讲究刀工，要轻按快切，寸面十刀，没个三年五载真练不出来。"但见刀光闪处，面条如银丝般散开，搭在面杆上宛若流苏，随手一绕便成缕缕金丝。果然是晶莹剔透，筋道紧实。"煮面喽！"大家都迫不及待了。"这个煮面呀，也是有讲究的。"王老师接着说，"下锅煮时，手持面条要如撒网般，以扇面状下至开水锅内。开锅后挑翻一滚便要迅速捞出。这样溜煮，面条虽细如粉丝，但韧而不断，条分缕析，劲软光滑。"原来这大柳面处处都透着精妙的细节呢！

大柳面好吃的另一个秘诀是卤子。卤子的制

作十分考究，可分为炸酱卤、肉卤、麻酱卤、海鲜卤、西红柿鸡蛋卤五种。王老师亲授各类卤子制法：炸酱卤取豆酱、香油各半调匀，加花椒、大料文火炙熬，直至豆酱酥散成粒。肉卤的主要原料是肉片和高汤，配以豆芽、西红柿、豆角、茄子、青豆、蒜薹、黄瓜丝、香椿芽、香菜末、花生碎、火腿肠末、芝麻酱、香醋、大蒜等。麻酱卤取芝麻酱为主料，配以香椿芽、黄瓜丝、蒜泥、香醋等。至于海鲜卤与西红柿鸡蛋卤，则随食客喜好任意添减，正所谓"食无定味，适口者珍"。五色卤子相辅相成，既彰显大柳面"一面百味"的特色，又暗合"五味调和"的饮食之道。

当一碗卤子堆叠如小山的大柳面端到我面前时，未及下箸，已是满口生津了。面条入口的刹那，面筋道的口感与卤子的馥郁在唇齿间交织，感觉整个味蕾都被唤醒了。"真是太好吃了！"我不禁脱口赞叹道，大家也纷纷大呼美味。王老师看着我们这个样子笑了起来，眉眼间尽是欣慰。对厨师而言，食客的赞叹便是最高的褒奖。

在王老师的店里，我看到食客来来往往，每个人都吃得心满意足。此情此景，令人不禁思索：到底什么才是浪漫呢？我想，在这夏至时节，与亲朋围坐，一起吃一碗承载着岁月滋味的大柳面，便是最质朴的人间浪漫。正如古人所言："人间有味是清欢"，这寻常巷陌中的一碗面，不正是生活最本真的滋味吗？

第十一章 小暑与中医药

民间有谚语道："小暑大暑，上蒸下煮。"每年公历的7月7日或8日，太阳到达黄经105度时即迎来小暑节气。东汉刘熙《释名·释天》里有对"暑"字的解释："暑，煮也；热如煮物也。"细考暑字构造，上"日"下"日"中夹"土"，土地上下都有日光的炎热照耀，怎会不热呢？小暑是炎热的开始，从小暑开始，就很难感受到习习凉风了，每天都是热浪滚滚，人像是在锅里蒸煮，浑身湿漉漉的。

"倏忽温风至，因循小暑来"。"温风至"是小暑的一候。此时节，熏风南来，天地间再无一丝凉意。南宋诗人陆游在《逃暑小饮熟睡至暮》一诗中写道："桑落香浮榼叶杯，甘瓜绿李亦佳哉。虚堂顿解汗挥雨，高枕俄成鼻殷雷。"描绘了一幅生动的消夏图景：陆游为了躲避酷暑，小饮后熟睡，一直躲到梦里去，也是一种不错的避暑方法。农历六月初六有"晒伏"的习俗，史称"天贶节"，从北宋真宗年间就流行起来了。《宋史·本纪第八 真宗三》记载："大中祥符四年正月'丙申，诏以六月六日天书再降日为天贶节'。"此节因真宗宣称是日获天书祥瑞而立，后渐演变为民间晒物习俗。在明清两朝，每年的六月六如果恰逢晴天，皇宫内的全部銮驾都要陈列出来晾晒，皇史宬的档案、实录、御制文集等，也要摆在庭院中晒一晒。富察敦崇《燕京岁时记》详载："京师于六月六日抖晾衣服书籍，谓可不生虫蠹。"盖因北方入夏多雨，衣物易霉，书籍易蠹，而六月初六正值小暑前后，阳光炽烈，最宜曝晒除湿防霉。民间传说更添趣味，传说这一天连龙宫里的龙王也会把龙袍拿出来晒晒呢！

　　小暑时，民间还有"食新"的传统。这个时节，新麦初收，瓜果飘香，人们会品尝当季新收获的粮食、瓜果等，以此来庆祝丰收。这一习俗蕴含着许多含义：首先是对自然的感恩，百姓用最新鲜的收成祭祀祖先，感谢大自然的馈赠；其次透露着古人顺应时令的智慧，通过品尝时令食材感受季节的变化；最后是对美好未来的期盼，希望接下来的收成也能同样丰盈。正如农谚所说："小暑食新谷，秋来粮满仓"，简单的时令饮食中，浓缩着百姓们对生活的热爱和对未来的美好期待。小暑吃藕的习俗始于清朝咸丰年间。我与大家分享一道清凉酸爽的应季佳肴"酸红藕"传统做法。首先将鲜藕切成薄片，放入沸水中烫熟后捞出。滴入少许白醋，既能保持藕片洁白，又可增添爽脆口感。随后将藕片静置于冷水中镇凉备用。另取当季如胭脂般红艳的杨梅捣汁滤渣并调入适量蜂蜜搅拌均匀，酸酸甜甜，止渴生津，能涤肠胃。最后，将镇凉的藕片浸入杨梅浆中，静置半个小时，待其充分入味后即可食用。这道"酸红藕"

清爽可口，是此节气消暑养生的食养良方。小暑时节，各地都有独具特色的食俗。山东人爱在小暑吃黄瓜和煮鸡蛋，以祛暑补气。徐州一带则有入伏吃羊肉的传统，认为可以"以热制热"，驱散体内寒气。民间素有"小暑黄鳝赛人参"的说法，因为这时候的黄鳝肉质最为肥美，富含优质蛋白和钙、磷等矿物质。中医认为黄鳝味甘性温，具有补中益气、强筋健骨、祛风除湿的功效，特别适合夏季食用。

这炎炎夏日，让我想起英文里有个有趣的表达——"dog days"，直译是"热成狗的日子"，翻译成中文就是指三伏天。小暑节气过后便进入了三伏天中的初伏。古人云："夏至三庚便数伏"，意思是说从夏至日开始计算，遇到第三个"庚日"就正式入伏了。这里的"庚日"源于中国古代的"干支纪日法"。我们的祖先用天干（甲、乙、丙、丁、戊、己、庚、辛、壬、癸）与地支（子、丑、寅、卯等）相配来纪日，每逢带有"庚"字的日子就是"庚日"。

三伏天是一年中最热的一段时间，"伏"意味着隐藏、避暑，形象地描绘出此时连蛰伏地下的虫类都难耐地表高温而纷纷出洞的景象。这一时期按时间先后可分为初伏、中伏和末伏三个阶段。在中医理论体系中，三伏天具有独特的养生价值。此时气温攀升、湿气弥漫，正是进行"冬病夏治"的好时机。清代医家创制的"三伏贴"疗法，便是在每年最热的三天将特制中药敷贴于特定穴位，用以防治秋冬易发的各类疾病。之所以选在三伏天施治，是因为中医认为，天气最炎热的时候人体的阳气最为旺盛，此时辅以温阳药物治疗，可达到"天人合击"，治疗冬病的效果最佳，能从根上完全祛除寒邪。

小暑时节，我们去探寻国家级非物质文化遗产——宏济堂中医药文化。中医药作为中华文明的瑰宝，其历史可追溯至上古时期。相传三皇之一的神农氏尝百草，著《神农本草经》，与黄帝所传《黄帝内经》共同奠定了中医药的理论基础。根据考古发现，早在7000至4000年前的新石器时代，先民就已掌握药用植物的使用。而系统化的中医药理论体系，则形成于约2500年前的春秋战国时期，《黄帝内经》的成书标志着这一体系的成熟。经过数千年的传承与发展，中医药不仅是中国传统文化的重要组成部分，更是全人类在生命科学领域的宝贵遗产。宏济堂作为中医药文化的传承者，完整保留了古法制药技艺。在这里，我们不仅能感受到"天人合一"的中医理念，更能触摸到中华文明绵延不绝的生命智慧。

　　宏济堂的祖堂是北京同仁堂，创始人为乐显扬。清光绪年间，同仁堂店主乐朴斋的第三房侄子乐镜宇来到济南，凭借"乐家老铺"的基础，于1907年创建了宏济堂，至今已逾百年历史。创业之初，宏济堂便恪守"炮制虽繁必不敢省人工，品味虽贵必不敢减物力"的祖训。这一制药古训源自同仁堂，强调药材精选与工艺精良，成为宏济堂百年传承的核心理念。时至今日，这一堂训依然镌刻在宏济堂的厅堂之上，指引着每一道制药工序。

　　济南泉水素有"济水伏流"之说，水在地下岩层中长久渗透、流淌的过程中吸收了多种矿物质。乐镜宇充分利用济南泉水这一天然优势，结合配方工艺，在东流水街54号创办宏济阿胶厂。该厂生产的阿胶按等级分为福、禄、寿、喜、财等种类，据传，其包装题字皆为慈禧太后亲笔所书。阿胶中的上等品专供皇室使用。

　　在宏济堂产业园区的百草园，我们在罗毅博士的引导下，认识了许多中草药。罗博士向我们介绍道："中医药文化是我国人民智慧的结晶，

《中华本草》中就系统记载了七千余种中药材。"
漫步园中，罗博士指着路边的花花草草说："这些
看似寻常的花草，实则都是治病救人的良药。你
们看，这是蒲公英、白毛，那是车轴草、青蒿。"
经她指点，我们才恍然大悟，原来日常生活中常
见的许多植物都蕴含着药用价值呢！

在宏济堂博物馆，资深中医师秦东风为我们讲解了时令养生之道。他告诉我们："春夏养阳，小暑时节宜适当地用些醒脾、和胃、益气的食物和药材来调养阳气。"这番讲解让我们对中医"因时制宜"的养生智慧有了更深刻的体会。

在宏济堂中医院，药材鉴别专家曲锦卫向我们展示了传统鉴药技艺。他边示范边讲解："药材质量是成药疗效的第一道关，这第一关把不好，后面就出不来好的成药，通过眼观、口尝、手摸、水试、火试这些传统的方法就能鉴别出来中药材的好坏。"曲老师说起来好像很简单，但这背后是他多年的苦练积累。中医院的医生孔依珩为我们每人都贴了三伏贴，还悉心教给我们如何在家自制三伏贴。这个方子以焦三仙、鸡内金、莱菔子为主料，专为调理脾胃而设。通过亲身体验，我们真切感受到了中医药"简、便、验、廉"的特色。

夜幕下的宏济堂园区显得格外静谧。望着这座承载着百年中医药文化的建筑，我心中默默祝福这个百年企业能够把我们的中医药文化一直传承下去，让更多人领略到祖国医学的博大精深。

　　"心静自然凉"是句古老的养生箴言，或许有人会觉得这有些唯心，但当你真正静下心来，或捧卷细读，或闲坐冥想，确实能感受到由内而外的清凉之意。这或许正是古人留给我们最朴素的消暑智慧吧。

第
十
二
章
大
暑
与
锡
雕

时间如白驹过隙，转瞬间一年已过去大半，来到了大暑节气——二十四节气中的第十二个，也是夏季的最后一个节气。作为一年中最炎热的时节，大暑的热度更胜小暑。"患衽席之焚灼，譬洪燎之在床。"这是东汉文学家王粲《大暑赋》中的一句，将古人面对酷暑的煎熬刻画得淋漓尽致：即使躺在床上也会感到如同被烈火焚烧般的灼热，仿佛整个床铺都被熊熊大火所覆盖。相较古人，现代人无疑是幸运的。电扇的凉风、空调的冷气，至少让我们能在炎炎夏日安枕而眠。

古人素有"浸伏"的习俗。每逢三伏酷暑，

人们便会到江河中洗冷水澡。一来可消暑降温，二来能赏荷、垂钓，既享受了清凉，又能修身养性。明代才子唐寅的《事茗图》生动描绘了文人雅士的消夏之道：煮泉品茗，抚琴吟咏。这份徜徉山水间的清幽淡然，令今天的我们也心生向往——这样度过夏天，心中自是清凉的。

　　我国民间有"饮伏茶"的习俗，即在三伏天饮用特制凉茶以消暑降温。传统中医理论认为，选用特定中草药煎煮而成的茶水有清凉祛湿的作用。以金银花茶为例，其味甘性寒，具有清热解毒、疏散风热的功效。在三伏天适当饮用金银花茶，能够祛除体内毒素，有助于防暑降温。再如菊花，具有散风清热、平肝明目、清热解毒的功效。在三伏天适当饮用菊花茶，可以平抑肝阳、清肝明目、清热解毒。而玉米须茶作为平性药膳，具有清热解暑、利水消肿以及利湿退黄的作用。

　　在浙江沿海一带，传承着"送大暑船"这一热闹且隆重的民俗活动，现已被列入国家级非物质文化遗产名录。这项习俗凝聚着沿海居民祈福禳灾的美好愿望。活动筹备历时两月有余，正式开始前，当地居民会共同制作一艘精美的大暑船。船体通常以竹子、木材为骨架，彩绘装饰鲜艳夺目，船上装载着各式各样的祭品，包括各类食物和生活用品等。米用小袋装，每袋为一升，为千家万户所施，象征着为各家各户带走疾病和不幸。

仪式当日，先在五圣庙迎圣，在几位德高望重的老者指挥下，数十位年轻力壮的小伙子将大暑船送往江边。然后再进行请酒活动，敲锣打鼓，场面热闹非凡。最后便是送船了，在万众瞩目下，小伙子们将大暑船推入水中，任其自由漂流。船行愈远，象征灾厄消散愈彻底，寄托着当地人们对平安顺遂的殷切期盼。

大暑时节，各地应季美食各具特色。在广东东南，大暑时有吃仙草冻的传统。仙草是一种具有清热解暑功效的草本植物，以其为主料熬制而成的清凉甜品仙草冻，冰凉甘甜，顺滑爽口，是夏日消暑佳品。台湾地区有大暑吃凤梨的习俗，凤梨在闽南语中谐音"旺来"，寓意吉祥，同时凤梨也是夏季时令水果，有生津止渴之效。在福建莆田等地，大暑时节人们会吃荔枝。荔枝甜润多汁，能够补充人体因出汗而流失的水分和能量，很适合在炎热夏季食用。喝米糟也同样是福建莆田的习俗。当地特制的米糟，经发酵工艺，被认为有"大补元气"之效。在山东枣庄等地大暑盛行"吃暑羊",全家共饮羊汤,喝得全身大汗淋漓。所谓以热制热、物极必反,在发汗排毒的同时,也增强了机体的耐暑能力。

大暑节气,循着叮叮当当的敲打声,我们来到莱芜西关村拜访锡雕大师王圣良老师。作为省级非物质文化遗产莱芜锡雕的传承人,王老师向我们娓娓道出这门古老技艺的精妙之处:"锡雕,是中国传统金属雕塑艺术的重要门类。"王老师一边演示一边讲解道:"它的制作工艺非常复杂,一件作品需要经过设计、化锡、制版、下版、裁剪、打坯、焊接、锉削等十几道工序方能成型。锡器必须要经过千锤百炼,整个造型才能坚固挺拔。"

锡,作为传统"五金"(金、银、铜、铁、锡)之一,其使用历史可追溯至远古时期。考古发现证实,早在新石器时代晚期,先民就已开始利用锡这种金属。在我国多处古墓遗址中,常有锡壶、锡烛台等生活器具出土,这些实物见证了锡器在古代的广泛应用。古人还常在井底放置锡块

以净化水质。至迟在西周时期，锡器的制作与使用已相当普遍。锡器具有"储茶色不移，盛酒味愈醇"的特点，冬可保温，夏能沁凉，尤显其性。锡壶泡茶，则清香盈室；锡杯斟酒，则甘洌爽喉；锡瓶贮花，则芳华久驻。至18世纪末叶，西洋人开始以锡为包装制作罐头，开启了食品保鲜的新篇章。

　　王圣良老师生于锡雕世家，自幼随祖父王新文学习锡雕基础技法，后随父亲王震学习锡雕设计制作工艺。两代衣钵，尽付一身。创作一件锡雕作品，从初期的构思到最后成型，至少要经过上万次的敲打。即便在科技发达的今天，制作工艺和工具设备不断更新，但锡雕这门手艺依然没有捷径可走。王圣良摊开双手，宽厚的手掌上布满老茧，这是四十多年与锡板打交道留下的印记。他说："我不仅自己坚持纯手工制作，也希望我的孩子坚持我们传统的手工艺。机器做的器物，永远比不上手工的温度和质感。"是手艺，更是守艺。坚持手工锡雕40余载，王圣良的初心依旧没变，那就是把从祖辈传承下来的锡雕手艺继续传承发扬下去，以千锤百炼铸就匠心。

　　如今，王圣良老师的儿子王绪贤在锡雕领域也已颇有建树，成为家族第九代锡雕传承人。王绪贤告诉我们，早在清康熙十五年（1676），其家族第一代传人便创立了自己的锡雕作坊。谈及传承，王绪贤说："每一代传承人都有自己擅长的领域和独特的艺术追求。父亲更偏爱传统吉祥纹样，而我则钟情于现代简约风格。"当谈到现代科技手段对传统手工作品有什么影响时，王绪贤说："通过人手制作出来的器物是充满灵性的。每一锤、每一凿都倾注着匠人的情感。他们通过作品随心所欲地抒发着自己的内心。现代技术我们也在用，比如3D打印技术，但总让人觉得缺少点灵魂。你看那件作品……"随着他手指的方向，我看到一件很抽象的作品，造型独特，但确如王绪贤所说，少了一份灵动和灵魂。子承父业，代代赓续。王绪贤不仅继承了父亲的精湛技艺，更传承了那份执着坚守的匠人精神。同时，他以开放包容的态度拥抱创新，让这门古老的技艺焕发新生。相信在他的带领下，莱芜锡雕必将薪火相传，再续辉煌。

南宋诗人曾几的《大暑》诗云："赤日几时过，清风无处寻。经书聊枕籍，瓜李漫浮沉。兰若静复静，茅茨深又深。炎蒸乃如许，那更惜分阴。"诗中描绘的正是大暑时节的典型景象：骄阳似火，清风难觅，唯有以经书为伴，与瓜李为友。大暑节气，最惬意的事莫过于寻一处阴凉，沐徐徐清风，品时令瓜果。日光漫漫，时间总是步履不停，它悄然带走暑热，留下过往的印记。正如诗人所叹，这般酷暑时节，更当珍惜每一寸光阴，莫负了这盛夏馈赠的美好时光。

秋

秋

霜降　寒露　秋分　白露　处暑　立秋

第十三章
立秋与柳子戏

《历书》中记载："斗指西南维为立秋，阴意出地始杀万物，按秋训示，谷熟也。"当北斗七星的斗柄指向西南方位时，立秋节气就到了。这时，初生的阴凉气息悄然滋长，万物渐感秋意。按照自然规律，谷物纷纷成熟，收获的季节开始了。在这个时节，我们既能感受到"一场秋雨一场寒"的气候变化，又能体会到"春种一粒粟，秋收万颗子"的丰收喜悦。

在宋代，立秋这日有个特别的习俗。太史官需在皇帝出猎祭祀前，一面观测时辰，一面守候梧桐。如见一两片梧桐叶飘然而落，太史官便会高声禀报："秋至矣！"这便是"一叶知秋"典故的由来。然而，立秋并不意味着凉爽的秋天真的来了。此时仍处于三伏酷暑，"秋老虎"的余威犹盛。一早出门去，可能未行几步便已汗如雨下，暑热仍旧令人难耐。

古时候，立秋是一个极具仪式感的节气。早在周代，周天子会在立秋这一天率群臣到京城的西郊举行"迎秋"活动，祭祀秋神蓐收。蓐收是中国古代神话中的秋神，他既是五帝之一少昊的嗣子，又是其重要辅神。关于蓐收的形象，古籍中记载得颇为生动。《国语·晋语》中描述他脸上长着白毛，有老虎一样的爪，手里拿着斧子。《山海经·海外西经》记载，蓐收左耳上有条蛇，骑着两条龙。作为执掌刑杀的神明，蓐收主张"赏以春夏，刑以秋冬"，这一理念直接影响了中国古代的司法制度。"秋后问斩"的传统即源于此——古人认为秋季肃杀之气正盛，行刑合乎天道。

由此而衍生出的"秋后算账"之说，也反映出农耕社会对自然时序的深刻理解。

　　立秋作为传统的祭祖日，各地多有祭祀先人的仪轨。族人们会齐聚祖茔，修整墓地，焚香祭拜，以表达对祖先的敬重和追思。许多地区在立秋这一天都有吃立秋糕的习俗。立秋糕是用糯米、红枣、莲子等食材制作而成的传统糕点，形状圆润，象征着团圆和丰收。人们吃立秋糕，一为酬谢先祖福泽，二为祈愿粮食充实、家宅安康。

　　在江南一带，立秋时节素有"放秋令"的传统习俗。这一天，百姓或放纸鸢于晴空，或点花灯于庭院，还有的放飞孔明灯。人们用这些活动来祈求风调雨顺、五谷丰登。立秋时节的食俗也颇有特色，有些地方有喝"秋老虎汤"的习俗。"秋老虎汤"是用辣椒等辛辣食材熬制成的汤品，这汤能不能消暑还真是不好说，但其辛辣之味的确能使人精神一振。民间戏言它可"震慑秋虎"。民间还有在立秋这天采楸叶为饰的传统。妇女们会剪一节楸叶，或簪于发间，或佩于衣襟。孩童则需食赤小豆七粒，咬碎后用井水冲服。相传此法可避时疫、防痢疾。

立秋"啃秋"，也是个有趣的习俗。古人认为立秋后天气转凉，不宜再吃凉性食物，立秋这天便是最后一次吃西瓜的机会。因此，街头巷尾能看到很多人捧着西瓜吃，既品秋意，亦尝甘甜，别具风味。

而最令我难忘的立秋习俗，莫过于"贴秋膘"了。每逢此日，我父亲必定会精心烹制一锅红烧肉。那肥瘦相间的五花肉在锅中咕嘟作响，香气四溢，光是闻着就让人垂涎三尺。幼时的我，总是迫不及待地守在灶台边，眼巴巴地望着那琥珀色的肉块在浓油赤酱的汤汁中翻滚。待肉炖至酥烂，入口即化，那浓郁的肉香仿佛能沁入心脾，连梦中都萦绕着这份幸福的味道。

秋忙会，是农人为迎接秋收时节而举办的商贸大会。其目的是互通有无，交易农具、牲口、粮食及日用杂货等物。会场分设骡马市、粮食市、农具市、布匹市、杂货市等专门区域，井然有序。每逢会期，更会有戏曲表演、马术竞技、猴戏杂耍等助兴节目，为这农事盛会平添几分热闹气象。

　　立秋之日，我有幸在山东省柳子剧团观赏了一出精彩大戏。更难得的是，能与国家一级演员、柳子戏非遗传承人陈媛老师一同探寻这一古老剧种的前世今生。

　　柳子戏作为山东最具代表性的传统戏曲之一，其历史可追溯至600余年前。这一剧种在中国戏曲史上地位显赫，与昆腔、弋阳腔、梆子腔并称"南昆、北弋、东柳、西梆"，位列中国四大古老戏曲剧种。2006年，柳子戏经国务院批准列入第一批国家级非物质文化遗产名录。

陈媛老师向我们娓娓道来："柳子戏，又名'弦子戏'，亦称'北调子''糠窝子'，是由元明以来流行于中原地区的俗曲小令衍化而成，在清代中叶盛极一时。"

她继续讲解道："现存的柳子戏传统剧目有200余出。其最大特色在于曲牌体，拥有600多支各具特色的曲牌，正所谓'九腔十八调，七十二哎哎'，词少，腔多。"说到此处，陈老师即兴示范起来，一连唱出十几个音调各异的"哎哎……"声，或高亢，或低回，令人沉醉其中。这般独特的声腔艺术，正是柳子戏最动人的魅力所在。

新中国成立后，让柳子戏再度享誉全国的，是一出叫《孙安动本》的戏。《孙安动本》取材于明朝万历初年的历史故事：奸相张从私建皇宫，为掩盖罪行竟毒杀民工三千以灭口，并吞没赈灾粮。清正廉洁的曹州知府孙安一日连上三本奏折向皇帝参劾张从，奈何年幼的万历皇帝受张从蒙蔽。孙安为表忠心，绑妻缚子抬棺上殿死谏，反被张从构陷，判以死罪。三朝元老沈理冒死保奏救孙安，却遭削职为民。最终，定国公徐龙持先帝御赐铜锤上殿，严惩奸佞，救下孙安。

《孙安动本》一经演出，迅速火遍大江南北，得到梅兰芳等戏曲名家的高度赞扬，这使原本低迷的柳子戏在全国的知名度和美誉度迅速提升，被称为"一部戏救活了一个剧种"。此后《孙安动本》被京剧、秦腔等多个剧种成功移植，还被上海电影制片厂拍成了电影。

在剧团的演出剧场，陈媛老师正带领弟子们排戏，只见她亲身示范，一招一式尽显功力。"唱、念、做、打是戏曲的基本功，说起来容易，做起来难。"陈媛老师说："要想出类拔萃，必须吃得苦中苦，这份艰辛不是一般人所能承受的。"

在排练间隙，我们有幸见到陈老师的高徒尹春媛。这位曾荣获上海白玉兰奖的优秀年轻演员坦言："师父常给我们讲师爷李艳珍的往事，就是要我们原原本本传承柳子戏的精髓——不改其味，不失其真。她总说：'老一辈怎么传给我，我就怎么传给你们'。"正是这般师徒相授、口耳相传的传统，让这门古老艺术得以薪火相传至今。

"台上十分钟，台下十年功。"眼前这场精彩绝伦的柳子戏演出，凝聚着演员们无数个日夜的汗水与泪水。俗语讲："吃肉吃肘子，听戏听柳子。"这番评价恰与立秋时节"贴秋膘"的食俗相映成趣了。

文人墨客笔下的秋天，总是充满诗情画意。这既是一个硕果累累的收获时节，亦是一个风雅无限的浪漫季节。林语堂先生在《秋天的况味》中曾这般写道："大概我所爱的不是晚秋，是初秋，那时暄气初消，月正圆，蟹正肥，桂花皎洁，也未陷入凛冽萧瑟气态，这是最值得赏乐的。"这番细腻的描摹，道尽了立秋时节最动人的神韵——暑热渐退而未寒，万物丰盈而未尽，恰是一年中最堪玩味的时光。

第
十
四
章
处
暑
与
鱼
拓

方觉立秋未几日，转眼已至处暑。《月令七十二候集解》有言："处，去也，暑气至此而止矣。"其中，"处"字意为消退、隐退，"暑"字则指炎炎夏日。故而"处暑"二字可以理解为炎热的暑气渐消，标志着盛夏酷热行将终结，凉风送爽的金秋时节即将来临。有趣的是，"处暑"与"出暑"谐音，亦应了"出离暑热"之意：终于走出了酷暑，是该松口气，享受一下凉爽的秋天了。

处暑时节，秋意渐浓，天高气爽。此时最宜约三五知己郊游远足。仰望苍穹，但见天空中的云疏散自如、变幻万千，正应了民间"七月八月看巧云"的雅趣。古人云："宠辱不惊，看庭前花开花落；去留无意，望天上云卷云舒。"此般闲适的心境，恰与处暑时节的云淡风轻相得益彰。忙碌的我们，何不暂别尘嚣，漫步山野，细品这初秋独有的云霞之美？

"处暑吃鸭，无病各家。"这又是一则民间的养生谚语。处暑时节，天气日趋干燥，鸭肉性凉味甘，正宜润燥补虚。我国各地食鸭风俗各异：南京人钟情盐水鸭的清雅，北京人偏爱烤鸭的酥香，更有处暑百合鸭应时而食。上海人则以烹制八宝鸭见长，馅料丰盈，令人垂涎欲滴。一方水土一方味，却共得食鸭养生之妙。

俗语道："春困秋乏夏打盹，睡不醒的冬三月。"到了秋天，人们容易犯困，从养生的角度来讲，秋天应比夏天多睡一个小时以应对秋乏，这倒为贪眠之人平添了几分理据。处暑时节，北方天气比较干燥。燥伤阴，宜多吃些蔬菜瓜果，像蜂蜜、百合、莲子这些养阴安神的清补之物，

也是不错的选择。

　　中元节适逢处暑期间，民间素有祭祖扫墓、放河灯祈福的习俗。农历七月十五这天为"中元节"，也被称为"七月半""鬼节"。萧红在《呼兰河传》中描述道："七月十五是个鬼节；死了的冤魂怨鬼，不得托生，在地狱里受尽煎熬。若是能托着一盏河灯，便能找到转世投胎的路。"这段文字道出了放河灯习俗的寓意和功用。

　　农历七月初七的七夕节，恰好在处暑节气前后。作为中国最具浪漫色彩的传统节日，七夕虽被今人视作"中国情人节"，但其渊源却是女子乞巧祈福的习俗。东晋葛洪所辑《西京杂记》中记载："汉彩女常以七月七日穿七孔针于开襟楼，人俱习之。"这是目前所见关于七夕乞巧活动最早的文献记录。因这个节日以少女乞巧为主要内容，主要参与者也是少女，便有"乞巧节""女儿节"等别称。唐代时，七夕庆祝活动尤为盛大。据记载，从七月初一起，京城便设有专门的"乞巧市"，人们争相购置节日用品，市集热闹非凡，其盛况堪比春节。唐太宗曾与妃子在宫中设宴庆祝，宫女们纷纷进行穿针乞巧、喜蛛应巧等活动，民间也争相效仿。

　　开渔节，是中国沿海地区一项重要的传统民俗活动，主要在东海、黄海和南海沿岸的渔村盛行。这个源远流长的节日承载着渔民对丰收的期盼和对自然的敬畏。每逢开渔时节，渔民们都会举行隆重的祭祀仪式。他们在渔船上摆上供品，虔诚地祈求海神保佑，期盼新渔季能够平安丰收。仪式过后，欢快的渔歌号子响彻海港，传统的渔民舞蹈热闹非凡，共同庆祝休渔期的结束和新捕鱼季的开始。开渔节也是渔家团聚的重要时刻。渔民们携家带口来到海边，全家老小一起参与捕鱼活动。在他们看来，家人的陪伴不仅能带来好运，更让这份丰收的喜悦加倍。

处暑时节，我们一同去探寻了一项独特的非遗技艺——鱼拓。鱼拓是将真鱼的形象用墨汁或颜料拓印到纸上的一种艺术，其灵感源自中国古老的碑拓技艺，最早可追溯至宋代。最初的鱼拓以实用为主，渔民们用简单的墨拓记录渔获的尺寸大小。随着技艺的发展，鱼拓逐渐融入了金石碑拓的精湛工艺，不仅完整保留了鱼体的自然形态，更在鳞片、鳍条等细节处展现出惊人的艺术表现力。从最初的实用记录，到如今的艺术创作，鱼拓技艺见证了传统文化与现代审美的融合。

在莱芜，我有幸拜访了鱼拓技艺的非遗传承

人景斌老师。在一番交谈后，我对这门古老技艺有了新的认识。

"鱼拓作为非遗项目，入门容易精通难。"景老师一边示范一边讲解，"最考验功夫的是点睛之笔——鱼眼的神态。每条鱼的眼神都独一无二，或灵动，或深邃，要捕捉这份神韵最不容易。"说着，他邀请我们亲身体验："不妨试试看，感受一下鱼拓的妙处。"

被选作鱼拓的鱼儿是幸运的，它们的形貌得以永久留存。正如景斌老师所说："每条鱼都是独一无二的，鱼拓就像它们的'身份证'。"虽然鱼拓目前仍属小众艺术，但亲眼见到景老师的作品并自己尝试制作后，我深深地为之着迷。作为爱鱼之人，我想：当我心爱的鱼儿离世了，能为它留下一幅拓影永久保存，该是多好的纪念呀。

在中国传统文化中，鱼寓意"年年有余"，承载着吉祥美好的祝福。相信随着越来越多人了解鱼拓这门技艺，这项独特的非遗艺术定会赢得更多人的喜爱。

　　"四时俱可喜，最好新秋时。柴门傍野水，邻叟闲相期。"这是南宋诗人陆游笔下的处暑。诗中，隐居乡间的放翁先生，柴门临水而开，与邻家老翁时相往来，把酒话桑麻，这般恬淡自足的生活，着实令人向往。世界从不会辜负知足常乐之人。正如诗中所言，只要心怀热爱，寻常生活处处皆有可爱之处。

第十五章 白露与草辫

在你眼中，秋天是什么颜色的？想必多数人会脱口而出："金色！"然而古人以五行配四时，将秋归于"金"，而金色属白，因此秋天是白色的。那晶莹的秋露被唤作"白露"，或许正是源于此吧。

白露是我最钟爱的节气，不仅由于它的名字雅致，更因这时节天清气爽，暑热尽褪而寒意未至。田间稻谷飘香，枝头果实累累，处处洋溢着丰收的喜悦。我曾读过一篇文章，作者将白露比作"秋日里一滴饱满的泪"，这比喻既传神又富有诗意，写出了白露时节特有的清美与惆怅。

"白露秋风夜，一夜凉一夜。"这句民谚诠释了白露节气的特点。随着白露到来，炎夏暑热正式退场，此时昼夜温差最为显著，秋意渐浓。清晨散步，可以见到晶莹露珠缀满枝叶草尖，在朝阳的映照下熠熠生辉。这样清透澄澈的景致，令人顿觉神清气爽，心旷神怡。

白露时节最有意思的习俗莫过于采集露水。古人深信"天降甘露"，尤以白露时节的露水最为珍贵。李时珍在《本草纲目》中记载："秋露繁时，以盘收取，煎如饴，令人延年不饥。"更称"百花上露，令人好颜色"。唐代杨贵妃便有晨起吸食花露以养颜的轶事。《山海经》中记载的"诸沃之野，摇山之民，甘露是饮。不寿者八百岁"，更将露水神化为延年益寿的仙露。明代嘉靖帝为求长生不老，不仅修建承露盘采集清露，更因苛待采露宫女而引发历史上唯一一次宫女起义事件"壬寅宫变"。

古人还发现不同植物上的露水功效各异：柏叶、菖蒲上的露水可明目，韭叶露能治皮肤病，但凌霄花等有毒植物上的露水切不可取用。古人的智慧，令今人叹服。

白露时节，民间素有"食白"的传统。因为此时气候由热转凉，白色食材可以润肺降燥，所以食用白色食材最为适宜。最具代表性的当属"四白露"——以杏仁、百合、雪梨和牛乳精心调制，既清甜可口，又具清热祛湿之效。在浙江温州和平阳等地则会用"白露十样白"炖鸡汤或者鸭汤，将白芍、白芨、白术、白扁豆、白莲子、白茅根、白山药、百合、白茯苓、白晒参十样白色药材与鸡鸭同炖。这些草药被认为具有滋补、调和、祛风等功效，将它们与肉类一起炖煮，既能够增加菜肴的营养价值，也能够借助肉类的温补特性加强草药的功效，从而达到补身驱风、补血益气的目的。俗话说"智慧在民间"，老百姓的生活经验真的是一笔巨大的财富。

祭禹王，是太湖沿岸的渔民在白露时节的隆重习俗。在当地渔民心中，禹王是庇佑渔业的"水路菩萨"，祭祀活动通常持续七日，场面盛大

热闹。其中,《打渔杀家》这出展现渔民自强不息精神的地方戏,更是祭祀期间不可或缺的经典剧目。与此同时,各地也形成了独特的白露食俗:福建人喜食龙眼,取其"桂圆"谐音,寓意团圆美满;苏浙一带的人们则饮用白露米酒,佐以番薯等时令作物。白露时节采摘的茶叶,既褪去了春茶的青涩,又避免了夏茶的苦烈,独有一股醇厚甘香,令人回味无穷。

"蒹葭苍苍,白露为霜。"出自《诗经·秦风·蒹葭》,描绘了白露时节芦苇沾霜的秋晨景象。蒹葭,就是指芦苇,它是莱州草编的主要原料,可以用来编苇席、炊具、包袋等。白露时节,我们专程拜访了草编(莱州草辫)省级非遗传承人郑金波老师。据郑老师介绍,莱州草辫作为山东草编艺术的一支代表,其历史可追溯至1500年前的北魏时期。经过考证,人们通常认为中国草编技艺由山东起源并传出,而山东草编又发源于古掖县(今莱州)。早在1500年前,掖县沙河一带的农村艺人就以麦秸为材,通过挑压与交叉的技法,编织出形似龙蛇的麦草辫，俗称"掐草辫"，后因其多用于制作草帽，故又称"草帽辫"。中国草编的"四大名品"均为掖县人所创，且各具特色："沙河白"如雪洁净，"沙河黄"似金灿烂，"沙河锯条"纹路独特，"莱州花"图案精美。这些工艺品既保留了农耕文明的质朴，又有着民间技艺的灵动，称得上是"化草为金"的艺术了。

在郑金波老师的工作室里，最令人震撼的是一件珍贵的传世文献——刊印于清光绪元年（1875）的《各种样编部》，里面有三百多种编法的样品。这本历经148年历史沧桑的典籍，虽因水渍而泛黄发黑，却完整保存着三百余种草编技法的实物样本。郑老师小心翼翼地捧出这本典籍，笑意盈盈地对我们说："看看我这宝贝，它可是中国草编技艺的活化石啊！保存了中国瑰宝级的草编样品。"他翻开其中一页，指着那些精美的麦草辫纹样说道："你们看这些花样，层层叠叠，变化无穷。当今世上，恐怕再难找到比这更完整的草编纹样记录了。"听郑老师讲，这部典籍是他师父亲手所传，堪称孤本。书中所记载的编法至今仅破译了二三成，余下的技法奥秘仍需他们师徒代代相承，慢慢参研下去。这本泛黄的古籍，不仅承载着传统工艺的密码，更寄托着草编匠人们"薪火相传"的永恒信念。

在郑老师的工作室里，陈列着各式精美的草编包。"这些包囊括了编、缠、订、结、勾等八大系列和一百多种编织工艺，运用了百余种编织技法。莱州草辫虽花样繁多，但万变不离其宗。"他现场演示着基本掐法："拇指掐正面，食指掐反面，通过压、挑的交替，就能编出三股辫、五股辫、七股辫、抿辫、宽辫、单锯齿辫、棕形辫和筛形辫等不同纹样。最难的是包上面的装饰品制作，比如用草辫编成花鸟草兽，这既需要更加细腻和熟练的手法，还要把传统编法的精髓与现代审美元素、流行元素相结合。"他指着几个包款说："这些十几年前设计的品种，至今仍是欧美市场的畅销款呢。"我顺着郑老师手指的方向看去，不禁赞叹道："哇！这些包现在看依然时尚感十足！"我看到了传统与时尚在这些草编作品上的完美融合。匠人们既延续了非遗技艺的生命力，又赋予了它们当代实用价值，令人钦佩。

我跟着郑金波老师边学草辫边聊天，他提及弟子们如今各自开办了自己的工坊，通过网上直播等新渠道将草编作品销往各地，我看到郑老师的眼中满是欣慰。闲谈间，我意外地发现，这位非遗大师还是一位口哨演奏高手。兴之所至，郑老师即兴吹了一曲《谁不说俺家乡好》，清越的哨音在工作室中回荡，时而婉转如溪流，时而激昂似山风，令我们沉醉不已。

临别之际，我由衷地祝福郑老师："愿您技艺长青，身体康健！"这简单朴实的话语，承载着我们对这位坚守传统工艺的老艺人最真挚的敬意。

九月初有两个重要日子——9月8日国际扫盲日与9月10日中国教师节，他们恰与白露节气的人文内涵相呼应。白露自古便承载着教化启蒙的深意，旧时孩童多于此日行"入学礼"，正式拜师，开启求学之路。这清秋时节亦引人感怀，杜甫"露从今夜白，月是故乡明"的诗句，描写了游子望月怀远的惆怅。白露凝珠，既映照着莘莘学子求知的明眸，也折射着离乡之人对故土的眷恋。节气更迭中，教化之礼与思乡之情，就这样奇妙地交织在了一起。

第十六章 秋分与糕点

当太阳运行至黄经180度之时，我们便迎来了秋分。《春秋繁露·阴阳出入》有云："秋分者，阴阳相半也，故昼夜均而寒暑平。"这一日恰值秋季九十日之半，故称"秋分"。秋分日昼夜时间均等。自此之后，北半球白日渐短，夜渐长，北极则进入长达半年的极夜，万物开始敛藏收蓄。

秋分为古人最早确立的四大节气（春分、秋分、夏至、冬至）之一。秋分时节是"三秋"，即秋收、秋耕、秋种的大忙时节——既要收获金黄的稻谷，又要播种青嫩的冬麦，还要耕整肥沃的田地。

2018年，秋分被正式设立为"中国农民丰收节"。放眼田野，稻穗低垂似金浪，苹果红艳若朝霞，棉桃吐絮如白雪，各色瓜果蔬菜琳琅满目。这"五谷丰登，穰穰满家"的景象，正是对农民们辛勤劳作的最好回报。正如《诗经》所咏："九月筑场圃，十月纳禾稼。"秋分时节，天地间洋溢着最质朴的丰收喜悦。

《黄帝内经·四气调神大论》中说："秋三月，此谓容平。天气以急，地气以明，早卧早起，与鸡俱兴……"随着天气转凉，我们的起居作息当顺应自然，逐渐转为"收"与"藏"的状态。由此，我联想到人体设计之妙：寒来暑往间，气候的每一点细微变化，我们的肌肤和毛发皆能感知到，这是自然赋予生灵们的珍贵禀赋。金秋，我们不妨放慢脚步，以身心细细体味这份"天凉好个秋"——看晨露凝霜，感清风送爽，让每个细胞都与节气同频共振。

秋分，恰是丹桂飘香的时节。桂花因其绽放时间与秋季收获时间相契合，故被赋予"收获"

的花语，成为丰饶富足的象征。古时科举乡试、会试正处在农历八月，又称"桂月"，而桂树是四季碧绿油润的常青树种，古人以"折桂"喻指金榜题名，有"蟾宫折桂"的典故。"折桂"也有等级之分：状元为红（丹桂），榜眼为黄（金桂），探花为白（银桂）。

桂花不仅成就了文人雅士的科举佳话，更造就了许多人间美味：桂花糕的绵甜、桂花酒的醇厚、桂花茶的清芬，无一不是秋日的馈赠。南宋杨万里在《咏桂》中云："不是人间种，移从月中来。广寒香一点，吹得满山开。"读之令人遐想：这馥郁的桂香，莫不是趁嫦娥不备，自月宫偷落人间的仙品吧？

秋分作为传统的"祭月节"，其起源可追溯至远古时期人们对月亮的自然崇拜。在农耕文明中，月亮的周期性变化直接影响着农事活动，因而形成了早期的月神信仰。至周代，祭月已升格为国家祀典，《礼记·祭义》中明确记载："天子春朝日，秋夕月"，表明春分祭日、秋分祭月已成为王

室重要的祭祀制度。帝王会率臣民在这个时节向月亮献祭，以祈求国泰民安和五谷丰登。

由于秋分在农历八月的具体日期不固定，且未必适逢满月，后世遂将祭月仪式调整至八月十五，即今中秋节进行。中秋节始终位于秋分节气前后，保持着与秋分的天然联系。中秋佳节，阖家分食月饼已成为我国传承千年的习俗。这圆润的糕点，既是对月亮的摹形，也寄托着"花好月圆人团圆"的美好愿景。小小的月饼，承载的是中国人对家庭和睦、生活甜蜜的永恒期盼。

秋分时节，我们造访古九州之一的青州古城，走进了百年老字号"隆盛糕点"。这里的特色点心，不仅是青州饮食文化的活态传承，更是当地民俗文化的重要载体。据史料记载，北宋名臣范仲淹、欧阳修等文坛巨擘曾在此主政。明弘治十二年（1499），宪宗第七子衡王就藩青州，其府邸一时冠盖云集，成为文人雅士酬唱往来的重要场所。王府特制的精美茶点，更是令宾客回味无穷。

清初衡王府遭籍没后，府中糕点师傅流落民间，这门制点技艺几近失传。直至道光年间，脱仕元先生创立"隆盛号"糕点铺，终使昔年王府秘制重现于世。隆盛糕点与青州银瓜、蜜桃并称"青州三绝"，被列为贡品。时人有诗赞曰："飞骑急驱数千里，皇差未到先飘香。"可见其深受皇室青睐。

脱安利，是隆盛糕点第六代传人，他向我们展示了珍贵的家族文献。据《脱氏宗谱》及《脱氏第二十二代脱奉海房屋赠予文书》记载：清道光年间，脱氏第十九世祖脱仕元承袭祖传面点技艺，于青州城海晏门（东门）内路南创立糕点铺。铺号"隆盛"，取自其三子万隆、四子万盛之名，寓意"隆昌盛业"。自此，这门技艺代代相传，生产经营规模不断扩大，至今已延续一百七十余载，见证了青州城的历史变迁。

"青州有句顺口溜，叫：'清真糕点，色香传奇。缺了隆盛，不成全席。'"脱安利老师边切月饼边向我们解释道："我们隆盛糕点坚持传统的制

作工艺和配方，遵循老祖宗留下的理念。"说着，他将切好的大月饼分别递到我们手里。

"这是玫瑰馅的，用的是我们自己酿造的玫瑰酱。制酱所用的玫瑰花必须是初绽的那一茬，花的香味最为浓郁，然后经过三个月的发酵，正好到了八月十五，玫瑰酱成熟了，就能用它来制作中秋月饼了。"我轻咬一口月饼，馥郁的玫瑰芬芳顿时盈满齿颊，仿佛将整朵玫瑰都含在了口中。

暮色中的青州古城华灯初上，我们有幸在偶园随脱安利老师学习制作月饼。脱老师为我们今天所做的月饼取名"万事如意"。

"我们隆盛糕点用料和工艺从来容不得半点马虎，枣选最优质的，蒸熟后枣香四溢；绿豆要用老品种，形状饱满，口感清香，吃起来是老味道；饴糖要用大麦芽来制作，芝麻首选高品质白芝麻，香油要用小磨的，花生油必须是压榨的。做工时要眼、手、心并用，尺度全凭师傅的经验。就拿熬糖来说，早一分钟没到火候，晚一分钟火候又过了。"脱老师边揉面团，边如数家珍地向我们介绍着。

听完这番讲究，我明白了隆盛糕点每天清晨起店外就排起长队的原因——这般精心制作的点心，去迟了吃不到新鲜出炉的，自然是有些遗憾的。

"对于我们家族来说，糕点制作技艺尚在其次，最重要的是祖辈传下来的立身之道。若不通晓做人这个根本，便难以成就真正的糕点艺术。"脱安利老师认真地说。百余年来，脱家人一直遵循这份祖训。"德成而上，艺成而下"，这种将品德置于技艺之上的传承理念，正是这个中华老字号长盛不衰、历久弥新的不二法门。

　　八月桂花香满园，三秋枫叶红遍山。秋分后，白天变得越来越短，黑夜则越来越长。顾城说："黑夜给了我黑色的眼睛，我却用它寻找光明。"漫漫长夜，我们将有更多的时间来思考人生、寻找方向，或观月品茗，或挑灯夜读，让心灵寻得一份难得的澄明。

第十七章 寒露与花丝镶嵌

寒露，位列二十四节气之十七。《说文解字》里对"寒"的解释为："寒、冻也。"此时已是深秋了，枫丹银杏，层林尽染。山谷间，红色、黄色层叠交错，煞是好看，将深秋之美展现得淋漓尽致。

从寒露节气开始，凉意渐浓，身体能明显感觉到气温的下降，该加厚衣物了。此时的露水，也不再似白露时节那般温柔，而是快要凝结成霜了。我国东北地区的有些地方甚至已呈现出冬天的气象特点。此时，早睡早起，饮食宜温润忌辛辣，起居避寒就暖，最有利于养生。古人讲究

"春生夏长，秋收冬藏"，寒露时节正当收敛阳气，养护根本。有谚语道："寒露不露脚"，正是提醒人们要重视保暖。唯有顺应节气调养，方能蓄精养锐，以待来春。

重阳节，这一承载着中国千年文化记忆的传统节日，恰逢寒露期间。相传东汉时期，方士费长房预言桓景家中九月九日当有灾厄，嘱其佩茱萸登高避祸。桓景依言而行，携家人果然避过一劫，而未及撤离的家畜全部染疫而亡。自此，每年九月九日外出登高，躲避灾难，成为一种习俗。经追溯，重阳节俗在战国时期已见雏形，至唐代正式确立为民间节日。古人认为，"九"为阳数之极，"九九"相重，故称"重阳"，是吉祥之日。每至此日，人们登高望远、簪菊饮酒、分食重阳糕。而今，重阳节更被赋予"老人节"的内涵，与我国尊老敬老的优良传统相得益彰。

唐代诗人王维在《九月九日忆山东兄弟》中写道："遥知兄弟登高处，遍插茱萸少一人。"这首诗作生动描绘了重阳登高的传统习俗。古人认为，登高不仅是对"步步高升"的仕途期许，更寄托着"延年高寿"的美好愿望。茱萸是一种中药材，也是重阳节的重要象征，人们将茱萸装入锦囊佩戴，既取其芳香驱虫之效，又希望能辟邪纳吉。寒露时节，枫叶渐红，不妨约三五好友登高，漫步山径，赏层林尽染，一起感受秋天的美丽和寂静。

斗蟋蟀这项民间活动也在寒露时节迎来高潮。斗蟋文化历史悠久，唐代《开元天宝遗事》载："每至秋时，宫中妃妾辈，皆以小金笼捉蟋蟀闭于笼中，置之枕函畔，夜听其声。庶民之家皆效之也。"可见，喂养蟋蟀之风自唐代起就已流传开来，成为一种时尚。而驯斗蟋蟀则是到了南宋时才逐渐形成风气。《西湖老人繁胜录》中记载，杭州人好养蟋蟀，衍成风气："每日早辰，多于官巷南北作市，常有三五十火斗者。"《梦粱录》中也提到，京城中有一些"闲人"，"专为棚头，斗黄头，养百虫蚁、促织儿。"这些所谓的"棚头"，为市民提供斗蟋蟀的场地，主持赛事，招揽看客，然后从赌资当中抽取一定的酬金。这一类人虽为正人君子所不齿，但使斗蟋蟀这项活动成为产业，得以迅速发展。彼时的都城街巷，蟋市林立，繁荣一时。

"西风响，蟹脚痒。"寒露时节，雌蟹卵满黄溢，肉质丰腴，正是品母蟹的黄金时期。但这道秋日的珍馐也不能多食。据《本草纲目》记载，它具有清热散结、通脉滋阴的食疗效果。然而其性寒凉，脾胃虚弱者要节制食用，过敏体质者更要慎食。古人云："物无美恶，过则为灾。"品蟹之乐，贵在适可而止。

"待到秋来九月八，我花开后百花杀。冲天香阵透长安，满城尽带黄金甲。"这首唐末黄巢所作的《不第后赋菊》以金菊为喻，展现了菊花傲霜独放的英姿，更暗含了诗人的壮志豪情。寒露，正是赏菊的好时节。作为"花中四君子"之一，菊花自古就被赋予深厚的精神内涵：《礼记·月令》称其为"鞠有黄华"，位列"十二客"中的"寿客"，象征吉祥长寿；陶渊明"采菊东篱下"的诗

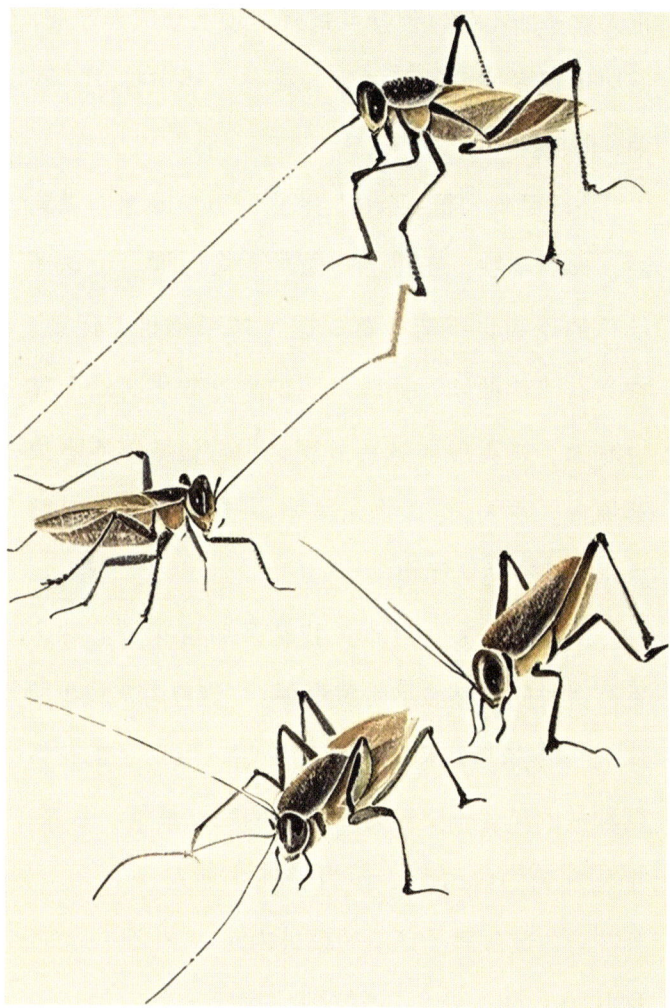

句，更使菊花获得"花中隐士"的雅誉；文人墨客常以菊喻志，取其"宁可枝头抱香死"的品格，象征高洁之士不与世俗同流合污的风骨。

寒露时节，我们与"燕京八绝"之首的花丝镶嵌技艺展开了一场跨越千年的对话。这项国家级非物质文化遗产，其渊源可追溯至春秋时期，《考工记》中已有关于"金银错"技艺的记载。至明代，这项工艺臻于完善，达到鼎盛。明万历皇帝所戴的金丝翼善冠，以518根直径仅0.2毫米的金丝编织而成，堪称明代花丝镶嵌的巅峰之作。到了清代，宫廷造办处制作的御用器物极尽奢华，更将这门工艺推向极致。如故宫博物院藏"金瓯永固杯"，通体累丝为胎，镶嵌珍珠宝石，尽显"天家富贵"。

花丝镶嵌，又称细金工艺，是"花丝"和"镶嵌"两种制作技艺的完美结合。而一件上乘的花丝镶嵌珍品的打造，往往需要多种工艺的结合，制作工序极为繁复。首先要施花丝、锼、錾等工艺，制成胎型；再经烧焊，制成半成品；最后进

行酸洗、烧蓝、镀金、压亮、镶嵌等工序才算最
终完成。

　　吕纪凯，这位"90后"花丝镶嵌非遗传承人，
外表腼腆却身怀绝技。聊起花丝镶嵌制作技艺，
他侃侃而谈："花丝镶嵌工艺主要有八大技法：
掐、填、攒、焊、堆、垒、织、编，每个技法会有诸多分支手法。其中最难的部分是拔丝的工艺，需要把固体金或银熔成液体，经千百次的拉拔才能拔出丝来，现在最细的丝能达到0.1毫米，接近于头发丝的细度了。"谈及习艺的艰辛，他淡然一笑："刚开始学的时候，也觉得非常难，手经常磨出血泡。对眼睛也是个考验，总是盯着这么近看，会泪流不止。慢慢习惯了，也就好了。"这看似轻描淡写的背后，是外人难以体会的艰辛与执着。

"这一步是点翠。"吕纪凯手持银簪，同时精心裁剪着羽毛。"你看，这些蓝色的羽毛，都是从鹦鹉身上自然脱落的，呈现天然的蓝色，咱们要裁成和底胎相同的大小然后贴在上面。在这个点翠的过程中，你会发现它变得越来越美，就像看着自己的孩子慢慢长大一样。"

"我做花丝镶嵌，一部分原因是享受制作的过程，更重要的是我觉得这么好的传统工艺，我们年轻人如果不接过来，以后懂的人就越来越少了，真失传了那多可惜。"听到吕老师这番话，我非常感动和欣慰。接着，我们又观赏了他以一年光阴精心复刻的明代金丝翼善冠，可谓形神兼备，毫厘不爽。这件凝聚心血的杰作屡获殊荣，亦成为其艺术生涯中的得意之作。从吕纪凯身上感受的这股韧劲儿，让我看到了传统手工艺的希望。正是这些年轻守艺人的执着，才让这千年绝技得以薪火相传。祈愿更多如吕纪凯般的传承者涌现，令中华工匠精神永续流芳。

袅袅凉风动，凄凄寒露零。寒露时节，天寒露重，愿君多保重！

第十八章
霜降与传统马术

霜降，作为秋季的最后一个节气，标志着我们即将与金秋作别，迎接银装素裹的冬日。"叶为诗者色，霜乃画之师。"宋末元初诗人方凤的诗句恰如其分地描写出了霜降的美。晨霜轻覆，万物如披素纱，天地间平添几分朦胧诗意。

霜降时节，正是柿子最为甘甜可口的时候。据《本草纲目》记载，柿子"味甘性寒，能润心肺、止咳化痰"。民间有"霜降吃丁柿，不会流鼻涕""吃柿子不裂唇"的说法，足见其养生之效。

关于霜降吃柿子的习俗，民间流传着诸多趣闻。一说与明太祖朱元璋相关，另有一则关于

"霜降"别称"双㸤"的传说也很有意思。相传龙宫之中，龙婆婆和龙儿媳常因琐事争执。秋收时节，龙儿媳见粮仓丰盈，就想歇歇。龙婆婆却嫌儿媳懈怠，二人遂起争执。龙王父子出面劝解，但婆媳二人的关系还是时好时坏，以致天象异变：若二人暂时和解，霜降时节的天气就会晴朗，又称为"干土黄"天气；若二人争执不休，霜降时节的天气就会阴雨连绵，也称为"烂土黄"天气。此说在云南民间至今流传。

壮族的霜降节，是国家级和世界级非物质文化遗产双重认证的传统节日。相传，它最初与水稻收获有关。宋代时，每到霜降期间，壮族人民就趁着农闲交朋结友、走亲串戚、对歌看戏，买卖农产品和生活用具。同时，人们会让辛勤耕作的老牛休息三天。明嘉靖年间，霜降节内涵因纪念抗倭女杰瓦氏夫人而升华。瓦氏夫人是明代壮族抗倭巾帼英雄，曾在霜降这一天大败倭寇。她去世后，壮族人民就在霜降节举行祭拜活动，表达对她的缅怀和敬仰。各家各户还都会准备"糍那""迎霜粽"等特色食品，招待亲朋好友，人们都以有朋友到自己家赴宴为荣。

赏菊，自古便是文人墨客的秋日乐事。菊花会，便是古人在霜降时节的一项风雅活动。此时的菊花似乎有灵性，将毕生芳华尽数绽放，宛若为迎接寒冬而作的盛大告别。

广东高明一带至今仍保留着"送芋鬼"的古朴风俗。乡民们在霜降时会举行特别的仪式，将芋头雕刻成鬼形后弃于郊野，以此来驱邪禳灾，送走不祥。此习俗可溯至古越人"以形克形"的巫术思维，后与中原节气文化相融合，成为独具特色的民间传统。

在中国传统节气礼制中，霜降之日素来有庄严的收兵仪式。据《清嘉录》记载，是日，州府总兵和武官们均披甲执锐，于五更时分齐集武庙，行三跪九叩大礼。礼毕，众将士齐发空枪三响，继而试炮鸣枪，谓之"打霜降"。相传，此风俗源于人们相信金戈铁马之声可震慑司霜之神，使其不敢妄降寒霜，可保一方农事顺利。

收兵仪式中，常伴有马术表演等助兴活动。
中原地区驯马与驭车之术可追溯至商周时期。《周
礼》所载"六艺"之一就有"御"，即指驾驭马
车的技艺，彼时战车更是战场主力。广为人知的
"田忌赛马"典故，其发源地正是齐国故都临淄
（今山东淄博）。

霜降节气，我在齐国故都临淄策骑汗血宝马，风驰电掣间，恍若化身为驰骋沙场的女将军。这片古老的土地承载着悠久的马术传统。春秋战国时期，作为"春秋五霸之首，战国七雄之一"的齐国都城，临淄便以"国富兵强，车马盈衢"著称。由于国富民强，所以养马、赛马之风盛行。"田忌赛马"的故事就发生在临淄区齐都镇境内的遄台（歇马台），时光穿越千年，齐国传统马术仍在这里传承延续着，并得以创新发展。

近代以来，齐都镇西关、安合等村落的百姓仍延续着养马、驯马、骑马、赛马的习俗。二十世纪五十年代后，养马、驯马在当地农业生产中扮演着重要角色。农忙时，马能拉车耕地；农闲时，人们骑马习艺。虽然正式的赛马活动仅限于小部分爱好者参与，但这项传统活动完好地保留了古代齐地马术文化的精髓。齐国传统马术不仅传承了养马、驯马、赛马的历史技艺，更蕴含着丰富的文化价值。它保留了健身、娱乐、竞技的传统体育精神，培养了人与动物之间的默契互动，

锤炼了坚韧不拔的意志品质，还能增强团队精神。这些价值让古老的马术文化在当代依然焕发着独特魅力。

朱爱军是齐国传统马术的第三代传人，他的履历令人瞩目：多次参与国际马术赛事与交流活动，累计斩获金银奖项二十余项，现担任国内马术赛事一级裁判员。这位被业界誉为"马痴"的马术传承人，自幼与马结缘。本不善言辞的朱老师，一谈及马术便神采飞扬，滔滔不绝。

"我们马场汇聚了汗血、纯血、温血等名驹，还有数十匹广西德保马。"朱老师如数家珍地介绍道："这匹阿拉伯马擅长长途跑，就是咱们耐力赛或者是赛跑的比赛。你看这匹，是咱们广西、云南那边产的德保马，身高一般在一米二五左右，最适应爬山区的羊肠小道。最贵的是这匹汗血，看它多漂亮！"当他指向那匹最珍贵的汗血宝马时，眼中闪烁着自豪的光芒。

我问朱老师："咱们的齐国传统马术和西方的马术有什么区别呢？"朱老师谈了自己独到的见

解："齐国传统马术重在骑射实战，它来源于古代马战，许多动作沿袭了战场上的实用技巧。而英式的马术，则以竞技表演见长，更侧重观赏性和娱乐性。"

朱老师精通传统与现代各类马术项目，既能驾驭速度赛、骑射、耐力赛、马车等传统项目，又能娴熟地进行绕桶、盛装舞步、障碍赛、穿桩等现代马术竞技项目。"马术运动能显著提升骑手的平衡能力，塑造优雅体态，同时培养坚韧的心理素质和意志力。"朱老师分享道："如今，越来越多的成年人和青少年开始学习马术，我衷心地希望能有更多人爱上这项既传统又有现代魅力的运动。"

望着朱老师与马术教练们策马奔腾的英姿，那飞扬的马鞭与飒爽的身影，令人恍若置身古战场。正如诗句所云："关山初度尘未洗，策马扬鞭再奋蹄"，这豪迈的气概跨越时空，将古今骑手的精气神一脉相连。

霜降时节，万物看似进入蛰伏期，实则正为

来年的生机勃发积蓄力量。这恰似传统马术文化，在表面的沉寂之下，蕴含着生生不息的传承活力。朱老师们的每一次扬鞭，都是对这项古老技艺最好的延续与致敬。

冬

冬

大寒　小寒　冬至　大雪　小雪　立冬

第十七章
立冬与桑皮纸

　　我特别钟爱李白的这首《立冬》："冻笔新诗懒写，寒炉美酒时温。醉看墨花月白，恍疑雪满前村。"诗中所描绘的立冬景象令人神往——天寒墨冻，诗人索性搁笔不写，转而围炉温酒。微醺之际，但见月下砚石上的墨渍花纹，恍惚间以为是皑皑白雪覆盖了整个村庄。在李白所生活的唐代，立冬之日的气温较当今寒冷得多，因此"冻笔"之言绝非夸张。诗人以独特的艺术敏感，将立冬时节的寒意与闲适完美融合，展现了他豪放不羁的个性与浪漫主义情怀。

　　立冬作为二十四节气中的重要节点，在古代

承载着深厚的礼制内涵。古时在这一天，天子会穿上黑衣，带领众大臣去北郊祭祀冬神玄冥。《山海经》里说，玄冥住在北海的一个岛上，长着人面鸟身，耳朵上挂着两条青蛇，脚踩两条会飞的红蛇。祭冬之后，天子会将冬衣赏赐给群臣，并抚孤恤寡，体现了古代王权的仁政思想。

在我国北方民间，立冬素有"设炉烧炭，围炉夜话"的习俗。古人对"暖炉会"总是情有独钟，喜爱有加。唐朝诗人白居易在《岁除夜对酒》中写道："醉依香枕坐，慵傍暖炉眠"，生动描绘了自己依偎在暖炉旁酒后沉睡的闲适情景。而真正意义上的暖炉会据说是在宋代出现的，乃至发展成一个颇具规模的民间活动。《东京梦华录》卷九云："十月一日，宰臣已下受衣着锦袄……有司进暖炉炭。民间皆置酒作暖炉会也。"而今，这项传统依然令人神往：一家人围坐炉旁吃传统火锅，火光映照着一张张笑脸，这份其乐融融的温暖，正是冬日里最珍贵的幸福。

寒衣节，是在立冬时节祭奠先人的传统节日。

关于寒衣节的由来，相传与秦始皇修长城有关。据传说，孟姜女新婚三日的丈夫范喜良被征为修筑长城的劳役，终因饥寒交迫而亡，尸骨被埋于城墙之下。并不知情的孟姜女身背寒衣，千里迢迢、历尽艰辛来到长城边，得到的却是丈夫离去的噩耗。她恸哭了三日三夜，连城墙也为之崩裂，露出了范喜良尸骸。孟姜女安葬完夫君后，投海殉情，成就了一段凄美绝伦的爱情悲歌。后来，民间为了纪念这位忠贞烈女，选在每年农历十月初一这天祭祀故人、烧送寒衣，逐渐形成了寒衣节。

春耕、夏耘、秋收、冬藏。这一农耕文明的智慧，同样适用于人体养生。中医认为，入冬以后，人体的阳气随着自然界的变化而潜藏于内，代谢也相对缓慢。《黄帝内经》有云："冬三月，此谓闭藏。水冰地坼，无扰乎阳。"此言道出了冬季养生的精髓——随着自然界阳气潜藏，人体也应顺应天时，进入"养藏"的状态。具体而言：起居当"早卧晚起，必待日光"，以蓄养阳气；情志需"若伏若匿"，保持宁静；行动宜"去寒就温"，避免耗散精气。正如经文所言："逆之则伤肾，春为痿厥"，冬天的三个月，天寒地冻，要顺应节气，早睡早起，以保养身心。

立冬"补冬"，很多中药店会推出"十全大补汤"之类的营养品。萝卜是天然的补品，民间谚语有"冬吃萝卜夏吃姜""立冬萝卜赛人参，不用医生开药方。"等等。萝卜性凉，味辛甘，可化痰热、解毒。《本草纲目》赞萝卜为"蔬中最有利者"，李时珍言其"生食升气，熟食降气"，可谓药食同源的典范。

俗话讲"穷人的孩子早当家"，农家子弟在春种秋收时节皆需协助父母处理农事。到了冬天，农活少了，孩子们才有机会进学堂读书识字，所谓"冬学堂"就是这样由来的。从立冬日开始，到腊月十五，这三四个月的时间里，孩子们会潜心修习《弟子规》《三字经》《论语》等经典，笔墨纸砚虽简，却是求知的必备之器。

立冬这天，我们来到临朐，专程探访桑皮纸

制作技艺。桑皮纸，起源于汉代，其制作技艺成型时间比蔡伦的造纸术还要早300多年。临朐桑皮纸，古称又称"左伯纸"或"山东老纸"，是中国历史上最早有明确记载的纸种，享有"寿纸千年"的美称。据史料记载，东汉灵帝时期的书法家兼造纸家左伯所造的纸"妍妙辉光"，被时人奉为极品，称为"左伯纸"。至唐宋时期，这种纸已蜚声海内外。古代凡珍贵典籍、书画名作、契约文书等，多选用此纸。如今，桑皮纸因其独特的耐久性和适用性，仍被广泛应用于书法绘画、古籍修复等领域。全国各大图书馆、博物馆均将其作为修复珍贵文献的首选用纸，足见其在文化传承中的不可替代价值。

连恩平老师作为临朐桑皮纸制作技艺的省级非遗传承人，向我们详细讲解了一张薄薄的桑皮纸是如何做出来的。连老师说："桑皮纸是用桑树皮制成的，要经过采皮、泡皮、盘皮、沤皮、卡对子、切皮、撞瓤子、压纸、晒纸、然后理纸，一共12道工序。"在他工作室的墙上，挂有一张

用桑皮纸书写的清嘉庆年间的地契，历经200余年仍完好如初，真正印证了"寿纸千年"。

　　"桑皮纸的韧性纤维使其具有超凡的耐久性，号称千年不腐。韩滉的《五牛图》为什么能保存1200年？就是因为它的画心纸用的是桑皮纸。"连老师所说的《五牛图》，是唐朝韩滉创作的黄麻纸本设色画，又名《唐韩滉五牛图》，现藏于故宫博物院。它不仅是现存最古老的纸本中国画，更是屈指可数的唐代绢画真迹，位列中国十大传世名画之一。

在连恩平老师的工作室里，我目睹了桑皮纸的全手工制作过程，不禁好奇地询问他，在现代化生产如此发达的今天，为何仍要坚持手工制作？连老师解释道："现代工业化生产过程中，化工制剂用得太多，对纸的存世寿命会有影响。我们手工做纸，做出的桑皮纸每一张都是独一无二的，是工业化纸无法代替的。这也是桑皮纸制作工艺能历久弥新的一个关键。"他边说边轻轻抚摸着刚制成的纸张。我想，因为每一张纸都是带着手艺人的心血和温度的，所以它才能存世千年。

桑皮纸以其"寿、繁、韧、古"四大特质著称，这项古老的制作技艺堪称造纸史上的"活化石"。其得以传承至今，全赖连恩平老师这样的守艺人默默坚守。细细想来，连老师身上不正体现着桑皮纸般的韧性吗？正是因为他的坚持，才让今天的我们得以看到、摸到古法传承下来的，原汁原味的桑皮纸。正是这份持之以恒的匠人精神，才让千年技艺得以延绵不绝。连老师坦率地向我们说，桑皮纸制作技艺如今也面临着传承难的问题，他非常欢迎喜欢这门技艺的朋友来学习，与他一起努力把这项传统技艺传下去。

关于冬日，您有着怎样的感悟？在我心中，冬天是飘雪时的浪漫诗意，是火锅升腾的氤氲暖意，更是从凛冽户外踏入温暖家门的幸福瞬间。三五知己围炉煮茶，谈笑风生，这样的场景尤为珍贵。

第二十章
小雪与酿酒

每年公历 11 月 22 日或 23 日，当太阳运行至黄经 240 度时，便是小雪节气到来之际。作为二十四节气中的第二十个节气，小雪标志着冬季降雪的开始。《月令七十二候集解》有载："十月中，雨下而为寒气所薄，故凝而为雪。小者未盛之辞。"这句话道出了小雪节气的气候特征：农历十月中旬，空中雨滴遇寒凝结成雪，但因寒气未深，雪量尚小，故称"小雪"。

在中国传统神话体系中，司掌雪事的神明共有五位，分别是青女、雪神滕六、姑射（yè）女神、西池仙女董双成、芙蓉仙子周琼姬。其中，姑射女神作为司雪之神，渊源最为久远，最早见于《庄子·逍遥游》中。传说中，她不仅貌美丽质，仪态端庄，而且具有冰清玉洁的品性。她作为直接控制雪的执行者，只要用黄金箸轻轻敲一下琉璃玉瓶，人间即可飘落一尺厚的瑞雪。还有民间传说称，姑射女神踏云御龙而行，只要她轻轻抖一抖身，云便可化作漫天飞雪。

落雪时节最是浪漫，这样的天气令我不禁萌发了踏雪西湖的念想——或许能在断桥残雪处邂逅许仙与白娘子的仙踪，又或许能偶遇一对白发翁媪，他们互相搀扶着在雪地里漫步，互相说着笑着，回忆年轻时发生在西湖边的种种往事……

雪花，雅称"未央花"或"六出"，是空中的水汽凝华而成的固态降水。其晶体结构随温度变化而千姿百态，飘落时相互攀附，终成翩翩飞舞的雪片。早在西汉年间，诗人韩婴就发现了"草木之花多五出，独雪花六出。"这一记载证明中华文明是世界上最早认知雪花六角结构的文明。在放大镜下观察，每片雪花都是大自然鬼斧神工的

艺术杰作，或如琼枝，或似玉屑，其图案的精妙程度令许多艺术家都自叹不如。这造物者的神奇馈赠，怎不令人心生敬畏与珍爱呢？

《本草纲目》中记载，雪水能解毒、治瘟疫。民间有用雪水治疗火烫伤、冻伤的单方。有中医理论认为，经常用雪水洗澡，不仅能使人皮肤更光滑，还能促进血液循环，增强体质。传说深山中的老寿星多喜以雪水烹茶，正是人们相信长期饮用洁净的雪水，可益寿延年。

小雪节气前后，我国大部分地区的天气越来越寒冷，人们呆在家里的时间就越来越长。一大家人围炉闲话，或缝补，或烹茶，将这闲适光阴过得有滋有味。有些地方，小雪时节有腌菜的习俗，腌白菜、腌萝卜、腌黄瓜，这些常见的蔬菜经过腌制后变得别具风味。此外，晒鱼干、饮刨汤、食糍粑等习俗，皆是劳动人民对自己一年辛劳的犒赏。这些朴实的美食，既能为身体积蓄能量，也是为心灵增添暖意。

小雪节气当天，民间素有酿制"小雪酒"的

传统习俗。农人取用当年收获的新粮食酿酒，封藏起来留到来年开春启封饮用，认为有延年益寿之效。《诗经·豳风·七月》中便有记载："八月剥枣，十月获稻；为此春酒，以介眉寿。"

中国是酒的故乡。我国酿酒历史可追溯至文字诞生之前的远古时期。考古发现表明，早在游牧时代，先民们便已掌握酿酒技艺。他们将采集的野果贮存起来，偶然发现发酵后的果汁风味独特，这便是最原始的酒。甲骨文和钟鼎文中就有不少与酒相关的文字，如"酉""醴"等，这些古文字印证了酒文化在我国的悠久历史。

小雪节气这天，我们在景芝酒厂南校厂烧锅遗址的厂房里，与中国白酒大师、景芝酒传统酿造技艺国家级非遗传承人赵德义老师一起领略古法酿酒的魅力。谈及景芝酒酿造技艺之所以能够成为国家级非遗，赵德义指着明代沿用至今的窖池说道："景芝酒有它自身的鲜明特色。现在我们看到的这个窖池，从明代开始一直使用到现在。今天窖池里酿的是芝麻香曲。我们把原本自然生长的微生物进行了人工培养，发酵进度前缓、中挺、后缓落，这就是一个比较完美过程，强化了酒的芝麻香气味。这个技法是我们景芝芝麻香最核心的技术。"

"那新酒是什么味道？"面对提问，赵老师递来刚酿出的酒浆说："它刺激性要强一些，又香又甜又辣，这就是好的新酒。"一股清香扑鼻而来，我忙接过刚刚酿出的新酒，轻轻抿了一小口，初尝觉得辛辣灼喉，随着酒进入腹中，竟泛起丝丝甘甜，好一个刚柔并济的口感。

景芝镇，因宋朝景祐年间其酿酒古井三度产出灵芝而得名。明代学者顾炎武在《天下郡国利病书》中将其列为"齐鲁三大古镇"之一，称其以酿酒业兴盛著称，素有"齐鲁古酒镇"的美誉。景芝酒传统酿造技艺作为山东省非物质文化遗产，其历史可追溯至新石器时代。1957年在景芝出土的蛋壳黑陶高柄酒杯，现珍藏于中国国家博物馆，印证了此地五千年的酿酒文明。芝麻香型白酒作为新中国成立后仅有的两大创新香型之一，是中国白酒"十一大香型"中最"年轻"的。这一香型不仅酿造工艺复杂、技术难度大，对环境和原料的要求也极为严苛，被誉为"白酒中的贵族香型"。

步入景芝酒的陈酿仓库，大小不一的陶坛整齐排列，每坛都至少历经了五年时光的沉淀。"新酿需经岁月打磨。酒生产出来以后，要进行储存，芝麻香要储存六年以上，才能够进行勾调。"赵德义说。对比方才品尝的新酒，赵老师又斟上一杯十年陈酿，笑道："刚尝了新产的酒，现在再请你们尝尝已经储存了十年的酒是什么味道的。可千万不要一口干啊，一口干就是暴殄天物了，要慢。"当老酒慢慢地沿着舌尖滑入喉咙，浓郁的芝麻香在口腔中肆意绽放，这就是岁月赋予酒的味道吧。如果想留住时间，您亦可封存一坛新酿，题写祝语，任其与岁月共成长。待他日启封时，酒香里必将浸润着光阴的故事与期许。

小雪时节，最宜邀三五知己围炉夜话。红泥火炉焙着新醅绿酒，闲谈间暖意渐生，恰似白居

易《问刘十九》所咏："绿蚁新醅酒，红泥小火

炉。晚来天欲雪，能饮一杯无？"

第二十一章 大雪与粮画

不知不觉间，我们迎来了"大雪"节气——这个充满诗意的名字总能唤起人们无限遐想。举目四望，皑皑白雪覆盖了广袤大地，万物都披上了银装。此情此景，让我不禁想起了毛主席那首气势磅礴的《沁园春·雪》："北国风光，千里冰封，万里雪飘。望长城内外，惟余莽莽；大河上下，顿失滔滔。山舞银蛇，原驰蜡象，欲与天公试比高。须晴日，看红装素裹，分外妖娆。江山如此多娇，引无数英雄竞折腰……"

大雪节气不仅标志着仲冬时节的到来，更在民间扮演着"自然气象预报员"的重要角色。

千百年来，劳动人民通过观察大雪时节的天气特征，总结出许多蕴含智慧的农谚，如"大雪不冻倒春寒""大雪不寒明年旱""大雪晴天，立春雪多""大雪下雪，来年雨不缺"等等。这些流传至今的民间谚语，生动展现了大雪节气的天气对后续气候的深远影响，体现了古人"观天象、察农时"的朴素智慧。

大雪节气初候为鹖鴠不鸣。鹖鴠，即是我们熟知的寒号鸟，这让我想起小学课本里那个令人忍俊不禁的形象——那只总把搭窝计划推到明天的寒号鸟，它瑟瑟发抖地哀鸣着"哆啰啰，哆啰啰，寒风冻死我，明天就搭窝"，这个生动的寓言依然记忆犹新。古人将"鹖鴠不鸣"作为大雪初候的物候特征，正是由于观察到了当严寒至极时，连最耐寒的寒号鸟都会停止鸣叫这一自然现象。

大雪时节，民间素有腌制"咸货"的习俗。无论是猪肉、鱼肉还是禽肉，经过精心腌制后都能保存数月，甚至能一直吃到春节之后。在农家院落里，人们晾晒腌肉的方式颇有讲究：除了

传统的布绳悬挂外，还会用短竹竿将其一一串起——这不仅利于肉的风干，更寓意今年大丰收，明年更要节节高。

关于"咸货"习俗的起源，民间流传着一个有趣的传说。相传古时候有一种叫"年"的怪兽，每逢除夕之夜就会出来伤人。为抵御"年兽"，人们发明了贴春联、放鞭炮、守岁等习俗。而为了做好长期防御的准备，必须储备充足的食物，古代又没有冷藏技术，有个聪明人就想了一个办法：将蔬菜风干、肉类腌制后风干，这样处理过的食物可以保存很久。据说，这就是腌肉习俗的由来。

大雪时节，滑冰成了最富趣味的冬日活动。尽管寒风凛冽，但玩儿到兴起时，无论大人还是小孩都仿佛忘却了寒冷，在晶莹的冰面上尽情嬉戏，欢笑声此起彼伏。说到这里，连我这个滑冰技术相当业余的人，都不禁心驰神往，跃跃欲试了。

在大雪节气里，白菜当之无愧地成为餐桌主角。清代美食家袁枚在《随园食单》中曾详述芋煨白菜的制作工序及要诀："芋煨极烂，入白菜心，烹之，加酱水调和，家常菜之最佳者。惟白菜须新摘肥嫩者，色青则老，摘久则枯。"可见这道传统佳肴的制作颇为考究：

首先将芋艿洗净去皮、切块，略加煸炒后置于砂锅中，注入鸡汤，待汤沸后加盖，转文火慢煨至芋头酥烂。此时必须精选新鲜肥嫩的白菜，取最嫩的部分，颜色发青的不行，太老了；摘下过久的也不可取，因为已经开始枯萎了。将菜心入沸水轻焯，随即放入砂锅与芋头同煨。另取酱油、盐、胡椒调制成味汁，倾入锅中，开盖收汁至浓稠即可出锅。芋艿与白菜在砂锅中相煨相融，香气四溢，原汁原味尽数保留。成菜入口即化，芋香绵密，菜心清甜，汤汁醇厚，足以温润一整个雪季。

古人会在大雪节气时围炉向火，消寒取暖，闲话家常。各种娱乐活动也是必不可少的，比如吟诗作对、写字作画等。正因如此，这个节气里孕育出了许多独特的非物质文化遗产。今天，就让我们一同探寻其中一种别具匠心的艺术形式——粮画。

粮画，又称"福籽绘"，是一项传承了200余年的民间技艺。东明粮画起源于民间"围仓"和"花馍"的习俗，承载着五谷丰登、国泰民安、金玉满堂、四季平安等美好寓意，自古以来就是节庆祭祀活动中不可或缺的文化符号。

韩国瑞是东明粮画第八代传承人，他的经历尤为动人。大学毕业后，韩国瑞曾在广东任教，过着安稳的生活。2013年，为了把家乡的粮画艺术传承下去，他怀着对传统文化的赤诚之心，毅然放弃了在广东优渥的生活辞职返乡，投身于这门古老的技艺，圆了自己的粮画梦。

"粮画是以五谷杂粮为原料的民间工艺画。"韩老师解释道，"但选材远不只日常粮食，还包括各类草籽、花种、香料等特殊材料。"他特别强调，制作一幅完整的粮画需要历经大大小小二十七道精细工序——从原料采集、筛选处理，到图案设计、拼贴组合，再到最后的修饰加固，

每一步都需要谨慎对待，才能做成精品。

　　为突破传统粮画防腐的技术瓶颈，韩国瑞专门邀请化工专家研制出一种特制胶水。这种胶水不仅黏性适中、透明度高，而且完全无味，其硬度恰好能保持粮画形态的长期稳定。经过上百次反复试验与工艺改良，韩老师最终研发出一套完整的粮食防腐处理技术。这套技术具有环保无毒、成本低廉等优势，为粮画艺术的传承发展提供了坚实的技术保障。

　　为了让中小学生了解粮画，韩老师专门为他们研发设计出500多套寓教于乐的粮画手工教材。今天，就让我们重温童趣，跟随韩老师的指导亲身体验这项传统技艺。

　　"制作时先用牙签粗头蘸取胶水，沿着盘子上预先画好的辅助线均匀涂抹。"韩老师耐心地示范道，"然后用镊子轻轻夹起粮食颗粒，按照图案纹理一点一点地排列整齐。"在他的指导下，我的第一幅粮画作品《柿柿如意》顺利完成。看到成品，韩老师欣慰地鼓励道："看来我们的粮画艺术后继有人啊！"亲身体验后，我深刻体会到粮画制作的独特魅力。它不仅能让孩子认识五谷杂粮，还能培养专注力、审美能力和动手能力。这种集知识性、趣味性、艺术性于一体的手工活动，实在是幼儿园和小学美育课程的绝佳选择。

　　韩国瑞老师以匠心独运的粮画技艺，成功复刻了达芬奇的世界名画《蒙娜丽莎》。"这幅作品共用了一斤多粮食材料。"韩老师详细介绍道，"包括黑芝麻、油菜籽、草籽、小米等二十余种谷物与香料。"在创作过程中，他反复观察揣摩原作，不断调整构图线条，更根据油画原作的色彩层次，精心筛选和处理各类粮食材料，整个创作历时一个多月才最终完成。听着韩老师的介绍，我再看这幅粮画版《蒙娜丽莎》，觉得它比原作多了立体感，也多了几分自然生机。

透过这些精妙的粮画作品，我们得以重新发现五谷杂粮绚丽多彩的自然色泽，从深沉的黑芝麻到金灿灿的小米，从翠绿的油菜籽到褐黄的草籽，每一种粮食都展现着自身独特的色彩。这不禁让人感叹，大自然的神奇馈赠，竟为人类艺术创作提供了如此丰富的天然素材。

如今，韩国瑞老师虽身处乡村，却通过互联网将粮画艺术推向更广阔的天地。"我们借助电商平台，已成功将粮画销往北京、上海等国内大城市，甚至远销至美国、意大利等海外市场。"韩老师介绍道。为带动乡亲们共同致富，他定期举办免费集中培训，采用"散户加工＋统一回收"的模式。截至目前，已成功培养出180余名粮画制作学员，让村民实现了"家门口就业"的愿景。更令人欣慰的是，随着粮画影响力的不断扩大，韩老师"让更多人了解和学习这门传统技艺"的初心正在逐步实现。

正当我们准备与韩老师道别时，忽闻窗外犬吠声声，让我感到刘长卿笔下"柴门闻犬吠，风雪夜归人"的意境如此真切——在这银装素裹的雪夜，那个踏雪而归的身影会是谁？或许是带着粮画订单匆匆返村的乡民，或许是慕名来学艺的远方学子。望着工作室里那些用五谷绘就的艺术品，我在心中默默期待多下几场瑞雪，好让这方乡土在雪色中，等待更多追寻传统之美的"夜归人"。

第二十二章 冬至与鲅鱼水饺

冬至，是在二十四节气中最早被确立的时令节点。作为北半球年度昼夜变化的重要转折点，冬至日这天白昼最为短暂，黑夜最为漫长。然而正是从这一天起，太阳开始其缓慢的北归之旅，白昼时光也随之渐渐延长。民间"吃了冬至面，一天长一线"的谚语，生动诠释了这一自然规律。

早在夏、商、周时期，冬至就被视为岁首，是真正意义上的春节。这一传统延续至汉武帝太初元年（前104）改行《太初历》，才将正月初一确立为新年伊始，形成现今的春节习俗。尽管如此，冬至的重要性在二十四节气中仍居首位，古称"亚岁"。民间至今流传着"冬至大如年"的说法。冬至也被称为"冬节""长至节"。清代顾禄《清嘉录》详细记载了吴地冬至盛况："郡人最重冬至节。先日，亲朋各以食物相馈遗，提筐担盒，充斥道路，俗呼'冬至盘'。节前一夕，俗呼'冬至夜'。是夜，人家更速燕饮，谓之'节酒'。"汉代时，从冬至开始要放五天假，至唐宋时期更延长为七日假期，相当于如今的"黄金周"。时至今日，苗族历法仍以冬至为新年肇始，澳门特别行政区仍保留冬至假日。

司马迁在《史记·封禅书》中记载："冬至日，礼天于南郊，迎长日之至。"这一记载表明，早在汉代就已形成冬至祭天的礼制。北京的天坛是明清两代帝王举行冬至祭天大典的场所，而这一传统可追溯至周代的祭天礼仪。冬至日，皇帝亲临祭坛，以隆重的仪式祭拜昊天上帝，祈求国泰民安、风调雨顺。与此同时，朝廷百官享受冬至假期，相互行"拜冬"之礼。民间还并举行"献袜履"的仪式。晚辈需在此日向长辈进献鞋袜，寄托"履长纳福"的寓意，盼望父母穿上自己亲手做的鞋袜能够吉祥如意、延年益寿。这一习俗使冬至又得"履长节"之别称。民间各种庆祝活动丰富多彩：祭祀祖先、添置新衣、采办节令食品，亲友相互走访，其热闹程度不亚于过年。

从冬至日起，我国便进入了一年中最寒冷的时节，古人称之为"数九寒天"。智慧的古人为此创造了《消寒图》，与"数九"的民俗结合起来，将严冬时节具象化为可计数的日子。具体做法是：自冬至日起，以九天为一个"九"，每日或为梅花添一瓣色彩，或为文字添一笔画，历经九九八十一天，待图案完成之时，恰至春回大地、万物复苏之际。

冬至时节，我国各地都形成了独具特色的食俗文化：山东枣庄和四川的一些地区盛行喝羊肉汤驱寒暖身，南京人讲究吃小葱拌豆腐取其"一清二白"之意，江南地区偏爱赤豆糯米饭以避疫疠，广东人必食汤圆象征团圆美满，江西一带则喜食麻糍祈求吉祥。而南方大部分地区都有冬至

吃馄饨的习俗，这一传统背后还流传着一个与西施有关的典故。

相传春秋末年，吴国连年遭受越国侵扰，加之天灾不断，吴王夫差忧思过度，食不甘味。西施见状，便亲手为夫差烹制了一道美食。她将鱼肉与猪肉剁细作馅，以面皮包裹后煮熟，佐以大骨高汤调味。夫差闻香而动，狼吞虎咽地将一大碗美食尽数下肚。食毕问其名，西施见夫差吞食之态，灵机一动答道："此物名为'馄饨'（与'浑吞'谐音）。"

在我国北方，冬至吃饺子是一项不可或缺的传统习俗。这一食俗的起源与东汉医学家张仲景密切相关。据说，张仲景任长沙太守期间，见百姓冬日饱受冻疮之苦，遂创制"祛寒娇耳汤"：将羊肉、辣椒等驱寒药材熬煮后切碎，用面皮包裹成耳朵形状，称为"娇耳"。百姓食用后浑身发热，冻伤的耳朵也逐渐痊愈。为纪念张仲景，赞颂他的医者仁心，后人便在冬至这天仿制"娇耳"，久而久之演变成今日的饺子，并形成了"冬至不端饺子碗，冻掉耳朵没人管"的民间谚语。

冬至时节，我们来到烟台海阳，邂逅鲜美的胶东鲅鱼水饺，来一场舌尖上的旅行。鲅鱼水饺，这道源自山东半岛的传统名肴，以其独特风味位列鲁菜经典。选用新鲜鲅鱼为主料，配以精猪肉、韭菜等辅料，裹入手工擀制的面皮中，每一口都饱含胶东半岛的海洋气息。鲅鱼富含优质蛋白和多种微量元素，与猪肉的搭配不仅提升了馅料的鲜美度，更形成营养上的互补。

徐巧玉，人称"鲅嫂"，是胶东鲅鱼水饺制作技艺的非物质文化遗产传承人。当我见到鲅嫂第一面，就被她的热情打动了：一口地道的烟台话，性格爽朗，笑起来的样子极具感染力。"咱们胶东的这个鲅鱼水饺啊，它既是中国的地标性美食，也是山东的非遗美食，还入选了2022年北京冬奥会餐饮名单，全世界运动员都说它'Very good'！"鲅嫂自豪地说。

"饺子好吃不在褶上，关键全在馅儿上。"鲅嫂一边示范着包饺子的手法，一边传授着挑选鲅

鱼的秘诀："选鲅鱼是有诀窍的，一看皮，二看鳃，三看眼。眼要锃亮的，身体要透亮的，按下去回弹好，这样的才够新鲜。"鲅嫂手中的胶东鲅鱼水饺个个饱满，约13.6厘米长、8.6厘米宽，单个重达125克，足有一个成年男子手掌大小，咬上一口，鲜美的汤汁伴着鱼肉在口中绽放，让人直呼过瘾。

　　胶东鲅鱼水饺之所以形成"大个头"的特色，原因是旧时山东渔家出海捕鱼，船上携带的白面很少，十分珍贵，而馅料——各类海鲜则是就地取材，丰富得很，所以包成大饺子是最好的选择。刚捕捞上来鲅鱼味道鲜美，做馅料不用过多的调味品，剔好的鲅鱼肉剁碎放在大盆里用木棍向一个方向搅拌，中途加些海水继续搅拌，待肉"上劲儿了"撒上一把葱花、滴几滴酱油，包入尽可能薄的面皮中，放入大锅中煮，没一会儿，一船人便可在大海中央大快朵颐了。这种独特的烹饪方式随着渔民返航而被带回了陆地，经过代代相传和不断改良，馅越来越大，皮越来越薄，并融入了专业厨师的烹饪技法和食客们的反馈建议，不出几代人便形成了极具特色的"胶东饺子食俗"。如今，鲅鱼水饺成为胶东菜乃至鲁菜重要的组成部分，是山东人饮食创新的一个代表。

　　"剁馅时加些姜汁和花椒水能去腥提鲜，还得配上肥多瘦少的猪肉才够香。"鲅嫂边切着姜丝边说。"您这刀工可真了得啊！"看着她娴熟的刀工，我不禁赞叹道。鲅嫂爽朗一笑，继续讲解道："馅料剁好后要缓缓地加入清水，顺着同一方面搅动直到成糊状，完美的鲅鱼馅用筷子挑起一团置入冷水中便能漂起来。"她又往馅料里撒了一把翠绿的韭菜末，说："最后加点儿韭菜提味，这鲅鱼馅就算大功告成啦！"

当我们围坐在热气腾腾的鲅鱼水饺前，鲅嫂动情地分享道："在俺们胶东，过年过节、婚嫁喜事、生辰寿诞，都少不得要包鲅鱼饺子。我母亲常说，这样的喜庆日子吃上一口鲅鱼饺子，人就'醒醒'，就是让人精神抖擞、浑身是劲儿的意思。"

中国人常说"好吃不过饺子"，这句话在山东人身上体现得尤为真切。无论是逢年过节还是家常便饭，山东人都习惯包上一顿饺子——这小小的面食里，包裹着家的温暖，盛满了亲人的关爱。尽管冬至过后便进入了一年中最寒冷的日子，但有了这一口热腾腾的饺子，再漫长的寒冬也显得温暖可亲了。

第
二
十
三
章
小
寒
与
舞
狮

小寒，是二十四节气中最能体现冬日严寒的节气。民间素有"小寒大寒，冻成一团"的谚语。小寒之后是大寒，究竟哪个节气更为寒冷？气象资料显示，小寒才是全年气温最低的节气，这也印证了民间"小寒胜大寒"的说法。许慎在《说文解字》中对小的解释为："小，物之微也。"虽名为"小寒"，却以其刺骨之冷，令人们不得不裹紧衣衫、"全副武装"地出门。此时节，凛冽的寒风将行人吹得缩手缩脚，正是我国大部分地区冬日最真实的写照。

古人通过长期观察和记录不同节令绽放的花

卉，逐渐总结出"二十四花信风"时序体系。自小寒至谷雨，在这八个节气里各择一种花期最为准确的花卉为代表，以此作为该节气的物候标志。这一传统不仅体现了古人对自然变化的诗意感知，更彰显了他们对自然规律的深刻认知与对生命之美的热忱追求。关于花信风的最早记载可追溯至南北朝时期的《荆楚岁时记》，其中明确记述："始梅花，终楝花，凡二十四番花信风。"小寒时节，正是梅花傲雪绽放之际。正如王安石《梅花》诗中所咏："墙角数枝梅，凌寒独自开。"纵使风雪凛冽，梅花依然凌寒盛放，这种坚韧不拔的品格恰似我们的人生——无论遭遇多少艰难险阻，只要坚守本心，终能迎来生命的绚烂绽放。

"雁北乡"是小寒节气的初候。古人认为大雁是顺应阴阳而迁移的，此时阳气初萌，因此大雁便开始向北方的故乡启程。"鹊始巢"为二候。敏锐的喜鹊感知到天地间萌动的阳气，纷纷衔枝筑巢，为繁衍后代做准备。"雉始雊"是三候。"雉"即野鸡，"雊"读作gòu，指雄雉的求偶鸣叫。指的是野鸡亦感受到阳气的滋长，开始发出清亮的求偶啼声。这些物候现象表明，禽类往往最先察觉自然界的微妙变化。虽正值一年中最寒冷的节气，但大雁北归、喜鹊营巢、野鸡鸣春，这些生灵都已开始为新的生命周期而忙碌起来。

　　所谓"物极必反"，当严寒达到极致时，地下的阳气已然悄然萌动。这让我想起前几日练习书法时的感悟：越是刻意追求完美，手腕反而越发僵硬颤抖，最终写出的字迹竟不如平日随性而书来得自然流畅。这也印证了《论语》中"过犹不及"的智慧：凡事应当把握分寸，保持平和心态，切莫强求过甚。

　　腊八节通常适逢小寒节气期间，在这一天，食用腊八粥是民间相沿成俗的重要习俗。关于腊八节和腊八粥的传说有很多个版本，除了最为人熟知的佛教典故外，另一个流传甚广的民间传说则与明朝开国皇帝朱元璋有关。相传他年少贫困时，曾从鼠洞中挖出各种杂粮熬粥充饥，登基后便将这天定为腊八节，令百官共食杂粮粥以忆苦

思甜。在北方，还有"腊八祭灶"之说。人们认为腊八粥黏稠香甜，能让灶王爷上天言好事时"糊住嘴"，只说好话。

小寒时的食俗传统还有很多。南京人讲究吃菜饭，正宗的"金陵菜饭"必定选用当地特产——霜打后的矮脚黄青菜，佐以咸香四溢的南京香肠和板鸭丁，米粒吸足了油脂香气，令人食指大动。岭南地区则有"小寒食糯"的习俗，广东人家会将腊味切丁与糯米同蒸，腊肉的醇厚与腊肠的甘香在热气中交融，成就一锅油润喷香的腊味糯米饭。而天津人则偏爱用白菜芽精心腌渍的黄芽菜，这道爽脆可口的传统小菜，恰为北方的寒冬增添了一抹鲜亮的滋味。每一个节气都有每一个节气好吃的东西，我想这就是我们中国人的仪式感吧。

小寒时节正是食用蜜制金桔的好时候，这个方子对冬日常见的咳嗽症状颇有助益。具体制法如下：选取色泽明艳的新鲜金桔，洗净后用淡盐水浸泡消毒。将金桔表皮轻划十字刀口，放入锅中加水煮沸，待水沸后加入适量蜂蜜，转小火慢熬至金桔透亮。熬制完成后自然冷却，可薄涂一层蜂蜜防腐，或密封保存于蜂蜜中。每日取食数颗，有理气止咳之效；若加入冰糖同熬，更能增强润肺化痰的功效。

"小孩，小孩，你别馋，过了腊八就是年。腊八粥，喝几天，哩哩啦啦二十三……"这首流传已久的童谣，道出了小寒节气后渐浓的年味。随着春节的临近，家家户户都开始忙着筹备年货、洒扫庭除。而在山东泰安，作为泰山舞狮省级非物质文化遗产传承人的高传振老师，正带领弟子们加紧训练，为新春佳节准备精彩的舞狮表演。

高传振作为泰山舞狮第五代传承人，向我们娓娓道来："狮子在民间被视为祥瑞之兽，每逢佳节庆典，必有舞狮助兴。"谈及泰山舞狮的特色，他解释道："我们的表演主要展现狮子登泰山的完整过程——从启程时的欢欣雀跃，到登山途中对泰山的虔诚礼敬，直至登顶祈福国泰民安，每一个动作都蕴含着深厚的文化内涵。"

"那控制狮子眨眼的机关究竟在哪里？能否

为我们揭秘？"我按捺不住好奇。高老师微笑着将狮头翻转过来："这里面暗藏玄机，你看这根拉线……"说着他轻轻一拽，狮子的眼睛便俏皮地闭上；再一拉，又神气地睁开，活灵活现的模样令人忍俊不禁。

《瑞狮祈福》是泰山舞狮的代表性节目。它以雄狮登临泰山、祈福国泰民安为主题，通过一系列精湛的动作演绎狮子攀登泰山的完整过程。从山脚的欢腾雀跃，到途中的虔诚肃穆，再到登顶时的庄严祈福，舞狮将喜、怒、乐、疑等神态刻画得惟妙惟肖，令人叹为观止。

高传振老师向我们介绍道："传统舞狮表演需要两位演员默契配合——一人执掌狮头，掌控神态表情；一人操控狮尾，负责动作协调。只有经过长期磨合训练，才能达到形神兼备的艺术境界。"

舞狮的历史渊源与清代乾隆皇帝以及佛教文化有着深厚的联系。据传，乾隆帝的一位维吾尔族妃子（即民间传说中的"香妃"）因思乡情切，在观赏西域舞狮表演时展露笑颜，使乾隆帝对狮

子形象产生了特殊喜爱。数月后，乾隆登临泰山
时御赐给妃子一对造型生动的沉香狮子，其形态
与舞狮中的狮子造型极为相似。相传他也是借舞
狮"狮子滚绣球，好事在后头"的吉祥寓意，期
盼自己如狮子滚绣球，功德在后头，寄托国泰民
安的美好愿景。

从历史源流来看，舞狮活动确实与西域文化密切相关。作为文殊菩萨坐骑的狮子形象，是随着佛教东传而进入中土的。据《汉书》记载，狮子最早是在汉武帝时期由张骞出使西域后，与孔雀等珍禽异兽一同作为贡品传入中原。这一外来文化元素经过长期本土化演变，最终形成了独具特色的中国舞狮艺术。

泰山舞狮属于北狮流派，与南狮风格迥异。北狮表演更注重狮尾的灵动表现，展现出北方人特有的豪迈气概；而南狮则以精美的狮头造型和细腻的表情变化见长。近年来，北狮艺术的市场影响力有所减弱，但高传振老师始终致力于传承和弘扬这一传统技艺，希望他可以让北狮艺术重现辉煌。

我们在巍峨的泰山脚下观赏高老师及其弟子们的舞狮表演，称其为视觉盛宴一点儿也不为过。只见金狮腾跃，时而威武雄壮，时而憨态可掬，将北狮刚柔并济的艺术特色展现得淋漓尽致。高老师带领团队用精湛的技艺，为这项古老的非遗艺术注入了新的活力。

　　就在这北狮腾跃、鼓点铿锵的寒冬时节，小寒节气的梅花也正傲雪盛开，为岁末年初平添一份清雅韵味。宋代诗人杜耒在《寒夜》中写道："寒夜客来茶当酒，竹炉汤沸火初红。寻常一样窗前月，才有梅花便不同。"诗中描绘的意境，与当下时节何其相似——三五好友围炉夜话，那凌寒独放的梅花，为寻常冬夜点染出别样风情。茶香氤氲中，看窗外月光如水，梅影横斜，好不惬意！

第二十四章 大寒与剪纸

　　终于到了二十四节气中的最后一个节气——大寒。《授时通考·天时》引《三礼义宗》中记载："寒气之逆极，故谓大寒。"虽然叫大寒，但气象数据显示，其气温往往较前一个小寒节气略有回升。中国最重要的传统节日——春节，通常适逢大寒时节。对中国人而言，春节不仅是一个节日，更承载着辞旧迎新的精神内涵——只有过了春节，才真正意味着旧岁的圆满结束与新年的正式开端。

　　大寒节气可谓一年中最富年味的时节。自小年起，民间便开启了热闹的过年序幕。祭灶王爷、除旧布新是这一天的重头戏，扫尘时全家默契地保持静默，谓之"闷声发大财"；清扫的垃圾要往屋内扫，寓意"肥水不流外人田"。腊月二十六的尾牙祭，源于古代祭祀土地公的仪式，与二月初二的头牙遥相呼应。旧时商家尤为重视尾牙，必设宴犒赏员工。宴席上，白斩鸡是必备佳肴，鸡头朝向何人，便暗示其将被辞退。因此，这一习俗被称为"食尾牙面忧忧"。除夕当日，人们采买芝麻秸，取"芝麻开花节节高"之意。还会把芝麻秸撒在经常行走的路上，孩童们欢快地将其踩碎。"踩碎"谐音"踩岁"，寄托着百姓"岁岁平安"的美好期盼。

儿时上学那会儿，同学间互赠贺年片的场景令我至今记忆犹新。为挑选一张合适的贺年片送给谁，总要绞尽脑汁地思量许久，如今想来，那份纯真的情谊着实令人怀念。其实，贺年片在我国已有千年历史，其形制由古代"名刺"演变而来。宋代时，宫廷与官场盛行互赠"拜年帖"，时称"飞帖"。明代，投递贺年帖蔚然成风，逐渐在民间普及。清代康熙年间，为增添喜庆氛围，人

们开始采用红色硬纸制作贺年名帖。及至清末，又兴起将贺年名帖置于精美锦匣中相赠的"拜匣"习俗，以示郑重。如今，在科技飞速发展的时代，传统贺年片已难觅踪影，取而代之的是更加便捷的电子贺卡及短信拜年。在社交软件上群发贺年短信虽省时省力，却也让这份年节问候少了些许仪式感，淡了那份真挚的情感交流。那些承载着墨香与心意的纸质贺年片，终究成了记忆中最温暖的年味符号。

　　春节最令我难忘的，仿佛都是和吃有关。儿时每逢年关将至，父母便开始张罗年货，厨房里总是飘散着诱人的香气。鸡鸭鱼肉自不必说，各色炸货更是必备的——金黄酥脆的炸肉、炸鱼，外焦里嫩的炸丸子、炸豆腐泡，至今回想起来仍令人垂涎。那时节，家家户户都沉浸在浓浓的年味里。灶台上的蒸汽氤氲，油锅里的滋滋作响，还有满屋飘散的饭菜香，都将一年的辛劳化作团圆的喜悦。春节的餐桌上，每一道菜肴都承载着对来年的美好期盼，每一口美味都饱含着家的温暖。辞旧迎新的时刻，美食成了连接亲情的最好纽带，让团圆的味道永远留在记忆深处。

　　明末清初岭南诗人屈大均在《后嘉鱼诗·其九》中写道："半在崧台市，渔船买更鲜。自烹香积外，相馈大寒前。小用葱花糁，轻将酒子煎。雪儿能劝客，歌曲有馀妍。"诗人笔下的大寒，是美味而惬意的，充满了人间烟火。诗中描绘的冬日场景鲜活而生动：他在崧台市的渔船上购得新鲜鱼获，一部分留作自享，一部分馈赠亲友。"小用葱花糁，轻将酒子煎"两句，以细腻笔触勾勒出烹鱼的画面——撒上一把翠绿葱花，淋上醇香米酒慢煎，仿佛能听见锅中滋滋作响，闻到扑鼻香气。寒冬腊月里，有如此美味相伴，连凛冽的北风都显得不那么刺骨了。

在广东岭南地区，大寒节气有一项独特的农事习俗——"打地鼠"。此时节正值农闲，田间作物已收割完毕，田鼠洞穴暴露无遗。村民们便手持铁锹，循着鼠洞逐一拍打，既似游戏又颇具实效。这一传统农事活动不仅富有乐趣，更能有效减少田鼠对来年春播作物的危害，可谓寓农于乐、一举两得。

民间素有"忙年"之说，大寒节气正是年事最繁忙的时节。贴窗花作为一项重要的年俗，既承载着辞旧迎新的美好寓意，又为居室增添了喜庆氛围。那些红艳艳的剪纸窗花，不仅寄托着人们对吉祥如意的期盼，更象征着新的一年红红火火的好兆头。

大寒时节，我们来到诺贝尔文学奖得主莫言

先生的故乡——山东高密，探访国家级非物质文化遗产高密剪纸。这项独具特色的民间艺术流传于高密地区，其历史可追溯至明代洪武年间。明初，朱元璋推行移民政策，促使山西、河南、河北、江西等地民众迁入高密。移民来的民间艺人将各地剪纸技艺汇聚于此，经过长期的艺术交融与创新，最终形成了以朴拙浑厚、粗犷豪放、金石韵味浓郁为特色的高密剪纸艺术，在中国剪纸艺术百花园中绽放异彩。

范祚信老先生是国家级非物质文化遗产高密剪纸项目的代表性传承人，同时荣获联合国教科文组织"一级民间工艺美术家"称号，并被认定为中国民间文化杰出传承人，是我国著名的剪纸艺术大师。作为范老的得意门生，李金波现为高密剪纸省级非物质文化遗产代表性传承人，在剪纸艺术的传承与发展中发挥着重要作用。

"拿剪刀剪东西，容易操作吗？"我向李金波老师请教道。

李老师微笑着回答："说起来容易，但是做起来难。剪纸讲究的是心、眼、手三者的完美协调，唯有如此才能创作出精品。"他拿起一张红纸示范着："一是要心静神凝、稳坐如钟，二是剪的线条得特别细，要挺、拔、直，毛刺的处理要细腻，还要有均匀度。这是我们高密剪纸的两个最大特点。基于这两大特点，形成了我们高密剪纸黑白灰处理的风格。"他指着作品继续解释："你看这些黑白灰的层次过渡，就是通过不同的剪刻技法表现出来的。细如发丝的线条与留白处形成鲜明对比，这正是高密剪纸最鲜明的艺术特色。"

在李金波老师的工作室里，几幅色彩明丽的剪纸作品格外引人注目。他向我们详细介绍道："你看这幅，用了衬色技法，让人感觉是从后面一点一点把它黏贴上去的；这幅呢，就用了染色，通过两种不同技法的结合，把单色剪纸变成彩色剪纸。"我们一直在探索如何让高密剪纸艺术更加丰富多彩。"李老师轻抚着作品继续说，"在传承传统技艺的基础上不断创新，才是我们剪纸艺人的责任与使命。"

  当一幅近10米长的二十四节气主题剪纸作品在我眼前徐徐展开时，我瞬间被那恢宏气势所震撼了。李金波老师介绍，这幅作品是他历时一年时间创作而成的，其灵感源自《清明上河图》的构图布局，采用整张纸剪刻的技法，同时融入了高密当地二十四节气的农事特色创作而成。"这幅作品是倾注了全部心血剪出来的。"李老师深情地说道。看着他布满老茧的双手，我深深为之动容——在10米长的纸张上运剪如飞，每一剪下去都需全神贯注，稍有不慎便会前功尽弃。这种精益求精的工匠精神，这种将生命融入艺术的执着，令人肃然起敬。那细如发丝的线条与大气磅礴的构图，都是剪纸艺人呕心沥血创作精神的见证。

采访结束后，我们专程去拜访了范祚信先生。虽已年过七旬，但范老依然精神矍铄，谈吐不凡。在他的工作室里，我们欣赏到众多获奖的剪纸精品，每一幅都凝聚着深厚的艺术造诣，令人不禁感叹，果然是"名师出高徒"啊！临别之际，我们衷心祝愿这位德艺双馨的剪纸艺术大师身体健康，艺术之树常青！

这次高密之行，所见所闻令我感慨万千，思绪良多。时值岁末，这次旅程仿佛一场生命的回望与沉淀。然而生活终究要如王安石《元日》所咏："爆竹声中一岁除，春风送暖入屠苏。千门万户曈曈日，总把新桃换旧符。"时光不可逆流，岁月永远向前。站在新旧交替的节点上，我更加明白：与其追忆往昔，不如以崭新的姿态迎接每一个明天。